KB268647

청산 新무협 판타지 소설

惡中俠
악중협

FANTASTIC ORIENTAL HEROES

악중협 3

청산 新무협 판타지 소설

초판 1쇄 찍은 날 § 2009년 1월 9일
초판 1쇄 펴낸 날 § 2009년 1월 17일

지은이 § 청산
펴낸이 § 서경석

편집장 § 문혜영
편집 § 정서진 · 유경화 · 최하나

펴낸곳 § 도서출판 청어람
등록번호 § 제1081-1-89호
등록일자 § 1999. 5. 31
어람번호 § 제2-1657호

주소 § 경기도 부천시 원미구 심곡2동 163-2 서경B/D 3F (우) 420-822
전화 § 032-656-4452 팩스 § 032-656-4453
http://www.chungeoram.com
E-mail § eoram99@chollian.net

ⓒ 청산, 2008

ISBN 978-89-251-1643-3 04810
ISBN 978-89-251-1587-0 (세트)

惡中俠

3

마왕(魔王)의 검

악중협

청산 新무협 판타지 소설

FANTASTIC ORIENTAL HEROES

도서출판 청어람

目次

第二十一章

의문의 신의

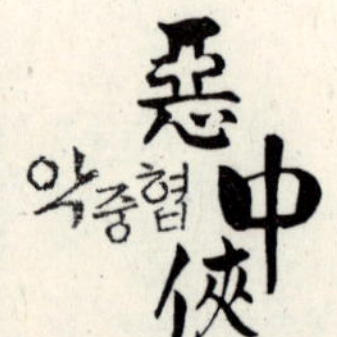

1

죽음을 경험해 본 자만이 죽음을 직시할 수 있다.

내리꽂히는 세 줄기 핏빛 섬광은 악마의 손톱처럼 강력했다. 적중되면 몸이 쪼개지고 두 팔마저 잘리는 참혹한 죽음을 면치 못한다.

혈뢰사분폭이 달래 악마의 살인비기가 아니었다.

무불악은 지난번 빗속에서 혈뢰사분폭을 잠시 경험한 적이 있었지만 당시에 비하면 훨씬 더 끔찍하게 생각되었다. 자신을 죽일 의도가 없었던 지난번의 공격은 그저 혈뢰사분폭을 선보이는 정도였던 것이다.

그러나 혈뢰사분폭이 어떻게 전개되는지를 조금이나마 알

고 있다는 것이 중요했다.

'정신 차려라, 무불악!'

무불악은 본능적인 공포에 무너지려는 자신을 꾸짖으며 역시 살인비기로 응수했다.

상대의 목과 허리를 동강내는 살인비기 전광삼분참.

물론 무공 수준으로 판단하면 은하성천검법이 보다 강력하지만 지금 상황에서는 전광삼분참이 훨씬 효과적인 대응 수단으로 생각되었다.

혈뢰사분폭이 종으로 내리꽂히는 수법의 살인비기이기에 그것을 막아낼 최상의 방어 수법은 횡으로 후려치는 것이다. 그 수법이 바로 전광삼분참이었다.

차―차차창!

잇단 금속성이 울려 퍼지는 가운데 무불악은 피로 흠뻑 젖어 비틀비틀 물러섰다. 도기에 스친 이마에서 흐르는 피가 콧등을 타고 입가를 적셨고 양어깨에서도 통증이 느껴졌다.

어쨌거나 무불악은 자신이 살아 있다는 사실에 스스로도 놀라웠다.

'막아냈다. 내가 막아낸 거야!'

자신감이 부쩍 솟은 무불악이 회색 자객을 향해 외쳤다.

"낯짝 가린 놈아! 네놈은 기회를 놓쳤다! 네놈한테 내 전광삼분참이 무용지물이듯이 네놈의 혈뢰사분폭 또한 내게는 안 통해. 두 가지 살인비기는 정말 극성이구나. 과연 혈영자다운 살인비기다!"

잠영은 뱀눈처럼 섬뜩한 안광을 발하며 꼿꼿하게 미끄러
져 왔다.

"너를 죽일 살인비기는 또 있다."

무불악은 마구 검을 휘두르며 뒷걸음질을 쳤다.

"잠깐만 기다려!"

"……"

잠영은 잠시 그를 직시하다가 신형을 멈춰 세웠다.

무불악은 조금이라도 더 체력을 회복한 후 상대하기 위해
지연 전술을 펼쳤다.

"이봐, 자객. 네 이름이 뭐냐?"

"……"

잠영이 다시 다가서려 하자 무불악은 다급히 손을 내저었
다.

"조… 좋아, 이름은 묻지 않겠다. 대신 나를 죽이려는 이유
나 알자. 그래야 죽어도 조금은 덜 억울하지 않겠냐?"

"……"

"대체 날 죽이라고 의뢰한 자가 누구냐? 내가 일전에 너를
만난 후 곰곰이 생각해 보았는데 화훼문은 확실히 아니다. 냉
소채란 계집의 성격상 자객 따위를 고용해 나를 죽일 리가 없
다. 반드시 자신의 칼로 나를 죽이려 할 계집이니까. 대체 너
는 어떤 죽일 놈의 돈을 받고 나를 죽이려는 것이냐?"

무불악의 거듭된 물음에도 회색 자객은 아무런 대꾸 없이 다가섰다. 순간적으로 그의 형상은 사라지고 시커먼 묵도만 허공에서 춤을 추었다.

"염병, 이건 또 무슨 수작이야?"

무불악은 은하성천검법을 전개해 상대의 기습적인 공격에 대비했다.

허공에서 춤을 추던 묵도가 급격한 호선을 내리며 섬전처럼 내리꽂혔다. 상대가 보이지 않는다는 점에서 무불악은 대응이 어려웠다.

무불악은 문득 심로를 통해 들은 적이 있는 하나의 살인 수법을 떠올렸다.

'이것이 최고의 살인비기 중 하나라는 은형잔살섬(隱形殘殺閃)인가?'

은형잔살섬은 몸을 감춘 채 병기를 조종하는 살인비기이기에 대처하기가 쉽지 않다. 눈앞의 공격에 급급하다가는 숨겨진 또 다른 살인 수법에 당할 수밖에 없다.

무불악은 날아드는 묵도를 쳐내며 지그시 이를 물었다.

'난 의천무경의 계승자다! 자객 따위한테 당할 수는 없다!'

각오를 달리한 그는 수세를 떨쳐 내고는 적극적으로 반격에 나섰다. 왼팔이 건재했다면 강기를 발출해 보다 효과적인 공격을 전개할 수 있었겠지만 지금은 은천성천검법만으로 상대해야 했다.

"은한파!"

연속적으로 발출된 검기가 묵도를 튕겨내며 허공으로 파고들었다.

퍼엉—!

폭음이 터지며 은형잔살섬이 무산되면서 잠영이 모습을 드러냈다. 뱀처럼 섬뜩한 눈매가 예리해진다.

"제법이군."

무불악은 상대의 살인비기를 격파했다는 사실에 한껏 고무되었다.

"새끼, 별거 아니로군. 공연히 쫄았잖아?"

순간 잠영이 정면으로 달려들었다.

무불악은 검극에 최고조의 진기를 주입시켰다. 강력한 검강으로 끝장으로 보겠다는 의도였다.

한데 잠영은 놀랍게도 두 개의 분신을 만들어냈다. 본신까지 합쳐 세 명으로 불어난 잠영은 또다시 악마적 살인비기 혈뢰사분폭을 전개했다.

쐐애액—!

정면과 좌우에서 동시에 전개된 혈뢰사분폭.

모두 아홉 줄기로 내리꽂히는 폭발적인 섬광에 무불악은 정신이 아득해졌다. 워낙 급박한 상황이라 진초와 허초를 구분할 겨를도 없었다.

'물러서면 죽는다!'

무불악은 아직 완벽하지 않지만 그가 전개할 수 있는 최강의 절기로 응수했다.

"차아앗!"

무불악의 몸이 급속히 회전하면서 무수한 검형이 소용돌이가 분출하듯 사위로 확산되었다.

차─차차창!

잇단 금속성이 터지며 지표면이 연이어 폭발했다. 삼 장 이내의 바위가 으스러졌고 칠 장 이내의 수목이 죄다 허리를 꺾었다.

"크으윽!"

답답한 신음을 토하며 뒤로 나가동그라진 사람은 무불악이었다.

마치 세 명의 자객에 의해 펼쳐진 듯한 혈뢰사분폭은 실로 공포적인 살인비기였다. 무불악의 몸에 아홉 가닥의 혈선이 새겨졌다.

그가 죽을힘을 다해 전개한 검강 덕분에 겨우 몸이 쪼개지는 참살을 모면했지만 부상이 깊었다.

잠영 역시 무사하지 못했다.

검강과 충돌하면서 박살난 묵도의 파편이 그의 몸속으로 파고들었다. 외견상 그의 부상이 더 심해 보였다.

무불악은 가쁜 숨을 몰아쉬며 몸을 일으켜 세웠다.

"새끼, 감히 누구를 죽이려고……"

한데 피투성이로 변해 쓰러져 있던 잠영이 분질러진 칼날을 손에 쥐고는 벌떡 일어섰다.

표적 제거는 자객의 절대적 사명.

무불악은 악귀와 같은 살기를 발하며 달려드는 잠영을 보고는 가슴이 덜컥 내려앉았다. 머릿속에서는 피하라는 경고를 보냈지만 발이 바닥에 붙었는지 제대로 움직이지 않았다.

무불악은 겨우 간장검을 치켜들었지만 잠영을 내려치기에는 너무 늦었다. 칼날을 손에 쥔 잠영이 무불악의 심장을 향해 사신처럼 찔러왔다.

실로 절체절명의 순간이었다.

한데 이때 한 줄기 섬광이 등 뒤에서 날아들며 무불악의 겨드랑이를 스쳤다.

퍼억!

잠영의 가슴에 꽂힌 섬광은 한 자루 장검이었다. 장검은 가슴을 꿰뚫고 등까지 비집고 나왔다. 그런 상황에서도 잠영은 비명 소리 한 번 흘리지 않은 채 삼 장 밖으로 나가동그라졌다.

무불악의 입에서 절로 안도의 한숨이 흘러나왔다.

"후아후아……!"

옆으로 내려선 사람은 뜻밖에도 멸사신룡 백을천이었다. 잠행 복장을 하고 있었지만 복면을 쓰지 않아 대번에 알아볼 수 있었다.

“괜찮소, 무 형?”

무불악은 의외롭다는 눈빛으로 그를 훑어보았다.

“백 형이 어떻게……? 이미 도주한 줄 알았는데?”

“아까는 경황이 없어 무 형에게 큰 과오를 저질렀소. 함께 싸우거나, 아니면 같이 탈출했어야 옳았소. 이래서는 안 된다 싶어 무 형을 찾아 다시 돌아온 것이오.”

“한데 말이오… 잠시 전에 던진 그 검이 혹시 나를 죽이려 한 것은 아니오?”

무불악은 농담조로 물었지만 백을천은 정색했다.

“농담이라도 그런 말씀 마시오. 무 형은 내가 가장 존경하는 의협이오.”

“큭, 내가 의협이면 진짜 협객들은 죄다 보따리를 싸야겠군. 가만, 이럴 때가 아니지?”

무불악은 비로소 잠영을 떠올리며 고개를 돌렸다.

보이지 않는다. 분명 백을천의 검에 가슴이 관통돼 죽었을 자객이 어느새 사라진 것이다.

“독한 새끼, 안 죽었단 말인가?”

백을천이 온통 피투성이로 변한 무불악을 살펴보고는 의아한 표정으로 물었다.

“대체 그자는 누구요?”

“나도 모르겠소. 자객인 것은 확실한데 왜 나를 죽이려 하는지, 어떤 놈이 의뢰를 했는지도 모르겠소.”

무불악은 주변을 훑어보고는 간장검을 허리춤에 꽂았다.

"목숨이 쇠심줄처럼 질긴 놈이로군. 그런 몸으로도 기환술을 전개해 사라지다니. 다시 만날까 겁나네."

백을천은 무불악을 향해 정중히 예를 올렸다.

"무 형, 비겁했던 소생을 용서하시오."

"됐소. 내가 마왕들에게 용건이 있어 자청해서 싸운 것이니 너무 개의치 마시오."

"그래도 정말 부끄럽소."

백을천은 자신의 옷을 찢어 무불악의 축 늘어진 왼팔을 가슴에 붙여 단단히 고정시켜 주었다.

"뼈와 근육이 심하게 훼손됐다면… 자칫 회복되지 않을 수도 있소."

"젠장, 일전에 내가 철마의 팔 하나를 자른 적이 있었는데, 이제는 놈 때문에 내가 외팔이가 되겠군."

"일단 저들의 추격을 뿌리친 후 용한 의원부터 찾아봅시다."

무불악은 자신의 부상보다 천풍무국의 비밀에 더 관심을 보였다.

"한데 백 형은 어쩌자고 놈들의 소굴에 뛰어든 거요? 철마와 혈마는 어쩌다가 만나게 되었소?"

백을천은 능선 너머 하늘로 시선을 돌렸다.

"천풍무국은 실로 위협적인 존재요. 아직 저들의 의도를 확실히 알 수 없지만 저렇듯 거대한 집단이라면 천하를 휩쓸기에 충분하오."

"패도를 지향하는 일성쌍궁이 가장 두렵겠군. 나야 뭐 잃을 기반도 없는 사람이니까 전혀 상관없지만."

"무 형, 남의 일처럼 말하지 마시오. 오대천마 중 셋이 천풍무국의 봉공으로 있는 한 무 형 역시 무사할 수는 없을 것이오."

"세 놈씩이나……?"

무불악은 빠르게 눈알을 굴리다가 물었다.

"한데 천풍무국의 기밀을 어디까지 탐지했소? 혹시 국주라는 놈에 대해서도 알아보았소?"

"금성까지는 접근할 수가 없어 정보가 미흡하오. 천풍무국은 외성과 내성, 금성으로 구분될 만큼 광대하오. 소속 무사들이 최소 삼천, 많으면 일만은 될 것이오."

"일만? 와우, 정말 굉장하군. 그 정도면 무림 집단이 아니라 하나의 나라라고 해도 무방하겠어."

무불악은 천풍무국의 국주에 대해 보다 깊은 의혹을 느꼈다.

"이런 어마어마한 규모의 집단을 하루아침에 만들어낼 수는 없을 테고… 대체 수괴 되는 놈은 어떤 자일까? 삼대마왕을 끌어들였으니 좋은 놈은 확실히 아닌데……."

"천풍무국의 국주가 누구인지 몰라도 사내는 아닌 것 같소."

"뭐, 뭐요? 그럼 계집……?"

"많은 정보를 수집하지는 못했지만 저들이 국주를 천환무후(天幻武后)로 호칭하는 것을 들었소. 그렇다면 여인을 말하는 게 아니겠소?"

"염병, 완전히 헛다리 짚었군."

무불악은 갑자기 맥이 쭉 빠졌다.

그는 혹시 옥면잔사가 천풍무국의 국주가 아닐까 하는 의구심을 품고 잠입까지 시도하려 했던 것인데 전혀 잘못 짚은 것이다.

국주가 여인이라면 절대 옥면잔사일 수는 없었다.

'이렇게 되면 다시 검마를 찾아가 금라무회대진을 파훼한 놈을 알아봐야 하는 건가?'

나름대로 추적 대상으로 삼았던 존재가 소멸되자 그는 다소 혼란스러웠다.

이때 산자락 주변에서 붉은 폭죽이 피어올랐다.

펑… 펑……!

능선 위로 천풍무국의 전사로 보이는 자들이 속속 모습을 드러냈다.

백을천의 표정이 심각하게 굳어졌다.

"지독한 자들이군. 여기까지 추격해 오다니."

무불악은 공연히 그를 타박했다.

"칠칠치 못하게 흔적이나 흘리고 다닌단 말이오?"

"내게 업히시오, 무 형. 함께 탈출합시다."

"됐소. 백 형과 함께 다니다가는 내가 제명에 못 죽겠소."

무불악은 한쪽 능선을 가리켰다.

"놈들은 백 형이 유인해서 멀리 데려가시오. 나는 은신해 있다가 놈들이 물러간 후 탈출을 모색해 보겠소."

"그런 몸으로 어쩌려고 그러시오? 내가 목숨을 걸고 무 형을 지켜 드리겠소."

"백 형 목숨이 열 개라도 되는 거요? 함께 피신하다가 마왕들을 만나면 나란히 황천길을 걸어야 할 거요. 정 나를 구하고 싶다면 놈들의 포위망을 뚫고 재주껏 도주하시오."

백을천은 잠시 고심하다가 무불악의 제안을 수용했다.

"알겠소. 부디 무사하시오. 이 은혜 잊지 않겠소."

"어서 떠나시오."

"그럼 강호에서 뵙겠소."

백을천은 무불악에게 예를 표하고는 복면을 뒤집어썼다.

능선으로 몸을 날린 그가 수색하던 천풍무국의 전사들 몇을 때려눕히자 또다시 폭죽이 피어올랐다.

"놈이다!"

"포위망을 구축해라!"

수백 명의 전사들이 능선과 계곡을 새까맣게 덮었다.

무불악은 몸을 숨긴 채 소란이 그치기를 기다렸다. 몇몇 전사들이 주변을 수색했지만 그의 은신술이 워낙 교묘해 찾아내지 못했다.

한 시진 정도 흘렀을까.

사위가 잠잠해지자 무불악은 이끼를 걷어내고 바위틈을 나섰다.

긴장이 풀려서인지 전신이 욱신욱신 쑤시고 상처 부위가 쓰라렸다. 무엇보다 사망혈삭의 쇠사슬을 쳐내다 으스러진 왼팔의 고통이 심각했다.

무불악은 서둘러 산을 내려갔다.

"일단 부상부터 치료하자."

2

남양왕의 거처는 건명궁(乾明宮)으로 불린다. 전란 없는 밝은 세상을 바라는 마음에서 남양왕이 직접 건명궁 현판을 써서 단 것이다.

집무실에서 정무를 보던 남양왕은 화운군주의 방문에 반색을 띠며 자리에서 일어섰다.

"군주가 어쩐 일이냐?"

화운군주는 공손히 예를 올렸다.

"공연히 아버님의 정무를 방해해 송구합니다."

"하하, 무슨 소리를. 아비의 가장 큰 기쁨은 군주와의 담론이다. 자, 앉거라."

　남양왕은 주약란을 창가 자리로 안내하고는 손수 차와 과자를 내왔다.

　주약란은 남양왕이 자리에 앉기를 기다렸다가 정중히 무릎을 꿇었다.

　"아버님, 모두 소녀의 죄입니다. 사대상비와 당시 소녀를 경호했던 호위들을 용서해 주십시오. 이렇게 부탁드립니다."

　"허어, 군주의 신분으로 어찌 함부로 몸을 낮추는 게냐?"

　남양왕은 주약란을 일으켜 자리에 앉혔다.

　"진정하고 차분하게 얘기하자꾸나."

　"아버님……."

　주약란은 다소곳 고개를 숙였다.

　"호위들은 당시 소녀를 위해 목숨을 던질 만큼 충성을 다했습니다. 간장검은 결코 그 사람에게 빼앗긴 것이 아닙니다. 믿어주십시오."

　"군주는 이 아비의 처사를 너무 냉혹하다고 생각지 마라. 아비는 매설을 통해 당시 정황을 모두 보고받았다. 호위들이 먼저 실수를 한 것은 사실이지만 옷을 벗으면서까지 군주를 지키려 했던 충정을 분명하게 들었다."

　"그렇습니다, 아버님. 호위들은 최선을 다했습니다."

　남양왕은 온화한 어조로 말을 이었다.

　"본래 상전이 모욕을 당하면 호위들이 참수를 당하는 것은 황실의 엄한 법도이다. 하지만 아비는 군주의 심정을 헤아려 그들에게 엄벌을 내리지는 않았다.”

“예에? 하지만…….”

“사대상비와 화운전 호위들이 모두 바뀐 것은 저들의 과오를 징계하기 위함이며 비밀을 확실하게 지키기 위함이다. 저들은 일 년 정도 금제를 받겠지만 아비는 저들에게 참수령은 내리지 않았다.”

“아……!”

비로소 안도한 주약란은 몸을 일으켜 예를 올렸다.

“아버님의 자상한 배려에 감사드립니다.”

“너무 염려 마라. 늦어도 일 년 이내에는 사대상비와 예전의 호위들이 군주를 다시 섬기게 될 테니까.”

자리에서 일어선 남양왕은 주약란과 나란히 집무실을 나섰다.

“성혜전에는 얘기하지 말거라. 네 엄마가 이 사실을 알게 된다면 사대상비와 호위들 모두 즉시 참수를 당할 것이다.”

“물론입니다. 자상하신 아버님과 달리 어머님은 황실의 엄한 법도를 중시하시는 분이니까요.”

“하하, 아비도 법도를 중시한다. 다만 군주를 아프게 하는 법이라면 절대 적용하지 않을 뿐이지.”

남양왕은 주약란을 건명궁 입구까지 배웅하고는 다정하게 손을 쥐었다.

"요즘 네 엄마와 함께 네 혼사를 논의하고 있다. 조만간 좋은 소식이 있을 것이다."

주약란의 눈 주변이 발갛게 상기되었다.

"소… 소녀는 이릅니다."

"무슨 소리. 폐하께서도 관심을 갖고 적극 서두르라는 하명을 내리셨다."

"소녀는 이만 물러가겠습니다."

주약란은 서둘러 예를 올리고는 건명궁을 나갔다. 대기해 있던 화운전 호위들이 그녀를 수행했다.

남양왕은 화운군주가 멀어지기를 기다렸다가 천천히 몸을 돌렸다.

건명궁 집무실로 향하던 남양왕은 놀라운 감각으로 흐릿한 비린내를 감지했다. 자신의 개인 정원인 금원에 이르자 남양왕은 수행원들을 돌아보았다.

"너희는 여기 있어라."

"예, 전하."

호위와 시비들은 금원 입구에 대기했다.

무지개다리를 건너 금원으로 들어선 남양왕은 곧바로 유장고로 향했다. 주변의 이목을 전혀 신경 쓰지 않아도 되는 공간으로 들어서자 그의 눈에서 붉은 기운이 번득였다.

"어찌 된 것이냐?"

그러자 미세한 바람 소리가 들리며 가슴에 검을 꽂은 복면인이 유장고 바닥으로 내려서며 부복했다.

"송구합니다, 전하."

"……!"

검에 관통된 잠영을 바라보는 남양왕의 눈빛이 서늘해졌다.

"놈이 그렇듯 강했단 말이냐?"

"놈을 죽일 기회를 잡았는데… 멸사신룡의 훼방으로 실패하고 말았습니다."

"너의 신분에 대해서는 확실하게 비밀을 고수했느냐?"

"예, 전하."

남양왕은 서가에서 죽간을 하나 꺼내 탁자에 내려놓았다.

"잠영, 오랜 세월 고생 많았다. 이제 네게 자유로운 삶을 부여하겠다."

"……."

잠영의 뱀처럼 예리한 눈에 짙은 어둠이 깃들었다. 그는 잠시 갈등하다 고개를 조아렸다.

"전하, 끝까지 모시지 못한 불충한 속하를 용서하십시오."

배례를 마친 잠영은 힘겨운 걸음걸이로 유장고를 나갔다.

연못을 가로지른 무지개다리에 이른 잠영은 난간에서 연못을 내려다보았다.

원앙과 물오리 등이 유유하게 헤엄치는 연못은 외견상 평온해 보인다. 그러나 연못 속에 숨겨진 무시무시한 존재들을 그는 잘 알고 있었다.

난간 밖으로 훌쩍 몸을 던진 잠영은 가슴에 꽂힌 검을 뽑았다.

츄우욱……!

검이 뽑힌 부위에서 붉은 피가 댓살처럼 뿜어졌다. 수면 위로 피가 뿌려지자 피 냄새를 맡은 흉악한 악어 떼가 순식간에 몰려들었다.

잠영은 아가리를 쩍 벌린 악어들에게 몸이 찢기기 전에 검으로 자신의 목을 쳐서 자결했다.

첨벙……!

물속에 빠진 잠영의 수급과 육신은 악어들의 다툼 속에 순식간에 흔적도 없이 사라졌다.

남양왕은 유장고 창문을 통해 이를 지켜보고 있었다. 수족 같은 심복을 잃었지만 그는 눈썹 하나 까딱하지 않았다.

남양왕은 고적함이 느껴지는 하늘로 시선을 올렸다.

"무불악이라… 잠영이 죽이지 못할 고수라니. 별 같잖은 놈이 신경 쓰이게 만드는군."

3

숲은 사람이 지나기도 힘들 정도로 나무들로 빽빽했다. 수백 년 수령의 나무들은 하나같이 거대해 큰 나무는 밑동의 굵기가 열 아름은 되어 보였다.

무불악은 무성한 넝쿨과 나뭇가지를 헤치고 숲 속 깊이 들어섰다.

그가 비록 심한 부상을 입었다 해도 천풍무국 전사들의 추격은 그다지 두렵지 않았다.

두려운 대상은 오대천마에 속한 마왕들이었다.

사망혈삭은 부상을 당했지만 난살천참은 건재했으며 천풍무국에 소속돼 있는 또 다른 마왕의 추적을 염려해야 했다. 지금 상태에서 마왕을 만나면 그가 살아남을 가능성은 전무했다.

무불악은 피가 엉겨 붙은 왼팔을 살펴보았다.

"이러다 정말 팔 병신이 되는 거 아닐까?"

최악의 경우에까지 생각이 미치자 그는 입맛이 썼다.

무성한 수림을 빠져나오자 넓은 분지가 보였다. 대륙의 남부 지역이라서 그런지 절기상 가을인데도 나뭇잎은 단풍으로 전혀 물들어 있지 않았다.

"일단 약초라도 찾아 응급 치료를 해야겠다."

무불악은 주변을 두리번거리며 약초가 자랄 만한 장소를 살폈다.

문득 벼랑을 등지고 서 있는 초옥이 눈에 들어왔다.

"뭐야? 내가 헛것을 볼 정도로 기력이 쇠진했나?"

무불악은 스스로도 믿을 수 없어 눈을 비비고는 다시 살펴보았다.

착각이 아니었다. 나뭇가지와 넝쿨로 지붕을 엮은 초옥은 분명 사람에 의해 세워진 집이었다. 이렇듯 깊은 산중에 민가가 있다는 것이 놀라울 정도였다.

"치료도 치료지만 일단 배부터 채워야겠군."

무불악은 피신하면서 산과일 몇 개로 요기를 한 게 전부였기에 몹시 시장했다.

초옥의 처마에는 약재가 주렁주렁 걸려 있었다. 마당 한쪽에 화덕과 약탕기가 여러 개 갖춰져 있는 것으로 미루어 의원이나 약초꾼의 집으로 생각되었다.

"역시 죽으라는 법은 없군."

무불악은 산중에서 약초를 캐는 전문 약초꾼의 집이다 싶어 내심 안도했다. 약초꾼이라면 기본적으로 의술을 알고 있을 것이기에 응급 처치는 할 수 있을 것으로 생각되었다.

"계시오?"

무불악은 거적문을 밀치고 안으로 들어섰다.

집 안은 다소 어수선한 편이었다. 칸막이 하나가 주방과 거실을 분리한 정도였고 거실 한쪽으로 서책과 마른 약재가 수북하게 쌓여 있었다.

"누구인지 몰라도 나만큼 게으르군. 이 정도면 거의 돼지 우리 수준이야."

무불악은 한쪽 벽을 가득 채운 약장으로 다가섰다.

집 안에서 그나마 제대로 갖춰진 가구는 약재를 분류해 둔 약장뿐이었다. 하지만 약장 서랍에 어떤 약재가 들어 있는지 전혀 표기가 돼 있지 않아 필요한 약재를 찾으려면 죄다 뒤져야 했다.

"젠장, 어떤 약재가 어디에 있는지 알아야지?"

무불약은 일일이 서랍을 열고 약재를 살피고 냄새를 맡으며 상처를 치료할 약재를 찾아내는 데 몰두했다.

그는 의술이 다소 뛰어난 편이고 약학에 대해서도 지식을 갖추고 있었다. 웬만한 부상과 병은 스스로 치료할 수 있는 수준이기에 약재를 분별하는 능력도 상당했다.

오래지 않아 그는 상처를 치료하는 데 필요한 약재 몇 가지를 찾아낼 수 있었다.

"일단 물부터 끓여야겠군. 상처 부위를 씻어낸 후 부상 상태를 살펴봐야겠다. 뼈가 완전히 으스러졌다면… 살이 썩기 전에 도려낼 수밖에 없겠어."

그는 솥에 물을 붓고 아궁이에 불을 지폈다.

서둘러 불을 피우느라 장작을 마구 쑤셔 넣어서인지 불을 제대로 붙지 않고 매운 연기만 피어올랐다.

"콜록콜록, 아유 매워. 니미, 내 손으로 불까지 피워야 하는 건가?"

이때 등 뒤에서 준엄한 호통 소리가 들려왔다.

"이런 고약한 도둑놈 보게! 약재를 훔치는 것도 부족해 아예 내 집까지 태워먹을 작정이냐?”

무불악이 돌아보니 백발의 꼽추노인이었다. 허름한 마의 차림에 새끼줄로 허리띠를 대신했고 어깨 한쪽에 약초 망태를 메고 있는 모습이 영락없는 약초꾼이었다.

무불악은 집 주인의 허락도 없이 무단 침입했지만 조금도 미안해하지 않았다.

“영감, 어디 갔다가 이제야 오는 거요? 어서 불을 피워 물이나 끓이슈. 치료가 늦을수록 내 팔이 위험해지니까.”

너무도 당당한 적반하장에 꼽추노인은 물끄러미 무불악을 주시하다가 피 묻은 천으로 감싸진 무불악의 왼팔로 시선을 돌렸다.

“다친 것이냐?”

“보면 모르슈?”

“네놈의 태도가 몹시 괘씸하지만 부상이 심한 것 같아 용서하겠다.”

“용서하지 않으면 어쩔 건데?”

무불악은 인상을 굳히며 단단히 으름장을 놓았다.

“영감, 나 아주 무서운 사람이야. 내 팔을 치료하지 못하면 영감의 팔이라도 잘라 붙일 테니 그리 알라고.”

한데 꼽추노인은 여느 약초꾼과 달리 조금도 두려워하는 기색을 보이지 않았다.

“내 팔을 잘라 붙이겠다고? 네가 그런 놀라운 의술을 지녔단 말이냐?"

"영감, 계속 말 까는데 세상은 나이만으로 사는 게 아니야. 참, 영감 이름이 뭐요?"

"네 이름부터 밝히는 게 도리가 아니더냐?"

"헹, 산골의 노인네가 도리를 논할 줄도 아네? 난 무불악이라는 사람이오."

꼽추노인은 그를 지나쳐 주방으로 들어갔다.

"이름마저 고약하구나. 하지만 스스로 악당임을 자처하니 최소한 위선자는 아니겠구나."

꼽추노인은 아궁이에서 장작을 일부 끄집어내고 적당히 뒤적거렸다. 비로소 불이 붙으며 매운 연기가 서서히 사라졌다.

주방을 나선 꼽추노인이 약재 더미에 망태를 내려놓고는 무불악에게 의자를 건넸다.

"어디 좀 보자."

"한데 정말 의술을 알고 있기는 한 거요? 돌팔이라면 아예 손도 대지 마슈. 약재만 내주면 내가 치료할 테니까."

"최소한 너보다는 나을 거다."

"큭, 사람 정말 무시하는군."

무불악은 의자에 앉으며 왼팔을 감싼 천을 조심스럽게 풀었다. 한데 피가 엉겨 붙어서인지 천을 떼어내기가 너무 고통스러웠다.

“으윽! 안 되겠어. 살에 천이 붙었나 보군. 일단 더운물로 적서 조심스럽게 떼어내어야겠다.”

꼽추노인은 한심하다는 듯 혀를 끌끌 찼다.

“쯧쯧, 젊은 녀석이 왜 이리 엄살이 심한 것이냐?”

“말조심해, 영감! 내가 화훼문에서 온몸이 갈고리에 꿰이고도 비명 소리 한 번 지르지 않은 사람이라고.”

“오냐, 장하구나.”

다가선 꼽추노인이 피에 엉겨 붙은 천을 떼어내려 하자 무불악이 지레 비명을 질렀다.

“손 떼! 누구 죽일 일 있어?”

“허어, 이런 엄살쟁이를 보았나? 대체 치료를 받을 생각은 있는 것이냐?”

“어서 더운물이나 가져오슈. 내가 천을 떼어낼 테니까.”

무불악이 워낙 험악한 인상을 쓰자 꼽추노인은 고개를 절레절레 저으며 주방으로 향했다.

잠시 후 꼽추노인은 더운물이 담긴 물통과 깨끗한 수건을 몇 개 내왔다.

“이 약초를 잠시 물고 있어라.”

꼽추노인은 냄새가 독한 풀을 무불악의 입에 물려주었다.

“젠장, 되게 쓰네.”

무불악은 약초를 입에 물고는 연신 투덜거렸다. 한데 조금씩 팔의 통증이 사라졌다.

꼽추노인은 더운물에 몇 가지 약재를 넣고는 무불악의 상의를 일부 도려내 벗겼다.

"통증을 느낀다니 다행이다. 일단 신경은 다치지 않은 것 같구나."

꼽추노인의 손은 마치 여인의 손처럼 부드럽고 따뜻했다. 얼굴이며 팔뚝은 쭈글쭈글하고 메말랐는데 손만큼은 섬섬옥수 수준이었다.

꼽추노인은 침통에서 금침을 몇 개 꺼내 무불악의 왼쪽 어깨에 꽂았다.

무불악은 정확히 혈을 찾아 꽂는 꼽추노인의 침술을 보고 나름대로 신뢰를 가졌다.

"형편없는 돌팔이는 아니군. 참, 이름이 뭐요?"

"그냥 황(黃) 노인으로 불러라."

"황 노인, 영감이 돌팔이가 아닌지는 조금 더 두고 봐야겠소."

무불악의 철저한 무시에도 황 노인은 별반 개의치 않았다. 황 노인은 약초를 우려낸 더운물을 적셔 무불악의 왼팔을 감싼 천을 조금씩 떼어냈다.

드러난 손과 팔의 부상은 실로 끔찍했다.

살과 근육이 해져 허연 뼈가 고스란히 보였다. 더군다나 부서진 뼛조각이 살 속 깊이 파고들어 간 상태라 과연 제대로 회복될 수 있을지 의문이었다.

　무불악은 황 노인이 입에 물려준 희한한 약초 덕분에 고통이 한결 덜했기에 자신의 눈으로 부상을 분명하게 살필 수 있었다.

　"젠장, 내가 이 정도면 그 늙은 마왕 역시 무사하지 못했을 거다."

　황 노인은 탁자에 천을 깔고 무불악의 팔을 얹어놓았다.

　"대체 누구와 싸우다가 이런 부상을 당한 것이냐?"

　"말해준다고 산골의 영감이 알기나 하겠소? 참, 대체 이 풀이 뭐기에 통증을 씻어주는 거요?"

　"앵마초라는 약초다. 어떤 고통도 잠시 동안 잊게 해준다."

　"호오, 그런 약초가 있는지 몰랐군."

　무불악은 보다 신뢰를 갖고 황 노인에게 자신의 팔을 맡겼다.

　"사실 철마라는 마왕과 싸우다 팔을 다치게 된 거요. 늙은 마왕 역시 쇠사슬이 박살나면서 전신에 박혔으니 뒈지지는 않았는지 모르겠군."

　황 노인은 집게로 살 속에 박혀 있는 뼛조각을 뽑다가 다소 흠칫했다.

　"철마라면… 금마곡의 마왕을 말하는 것이냐?"

　"큭, 워낙 유명한 마왕이다 보니 산골의 영감도 다 아는군. 그렇소. 난 철마 사망혈삭과 싸우다가 그만 부상을 당하고 말았소. 참, 혈마도 같이 있었지. 두 마왕의 협공은 정말이지 감당하기 어려웠소."

"내가 듣기로 금마곡을 탈출한 오대마왕은 하나같이 무서운 마공의 소유자라고 했다. 그들 중 한 명과 맞설 절세고수도 드문데… 네가 두 마왕과 겨뤘다면 네 무공은 정말 대단하구나."

무불악은 한껏 자신을 과시했다.

"하하, 이제야 내가 어떤 사람인지 눈치 챘나 보군. 나 같은 사람을 치료했다는 것만으로 영감은 평생의 영광으로 생각해야 할 거요."

황 노인은 바늘에 실을 꿰어 무불악의 부상 부위를 세 번에 걸쳐 꿰매주었다. 이어 약초를 찧어 상처 부위에 발라주고는 부목을 대고 칭칭 동여맸다.

"일단 조치는 취했지만 경과를 지켜봐야겠다. 살이 아물면서 미세한 뼛조각이 감지되면 다시 살을 째서 뽑아내기로 하자."

무불악은 황 노인의 의술을 새삼 다시 인식했다.

"황 영감, 아니, 황 의원. 의술을 제법 배웠나 보구려. 사례는 톡톡히 하겠소."

"당연히 해야지. 잘라내야 할 네 팔을 고쳐 주었으니 확실하게 사례해야 할 것이다."

"그렇다고 곧바로 사례를 요구할 것은 뭐 있소? 역시 황 영감은 제대로 된 의원이 아니로군."

"탕약을 끓여오겠다."

황 노인이 방을 나서자 무불악은 자신의 왼팔을 받쳐 들고 침상으로 향했다.

"앵마초 때문인가? 통증을 크게 못 느끼는 것은 좋은데 뇌까지 마비된 것 같군. 하암, 엄청 졸립네."

침상에 누운 무불악은 몇 번 눈을 깜빡이다가 이내 깊은 잠 속으로 빠져들었다.

잠시 후 탕약을 받쳐 든 황 노인이 방으로 들어섰다.

깊이 잠들어 있는 무불악을 확인한 황 노인은 탕약을 내려놓고 무불악을 진맥했다. 이어 무불악의 근골을 매만져 본 황 노인은 신중한 눈빛을 발했다.

"흐음, 정말 훌륭한 근골을 지녔군. 하지만 공력은 삼화취정에도 이르지 못하거늘 어떻게 철마와 혈마를 동시에 상대했단 말인가? 그렇듯 대단한 절기를 지닌 것일까?'

황 노인은 사실 강호의 숨은 기인이었다.

그는 오로지 의술과 약학에만 전념했기에 세상사에는 별반 관심이 없었다. 지난해에 오대천마가 금마곡을 탈출했다는 소식을 들은 것이 그가 접한 최근의 정보라 할 수 있었다.

"드르릉… 쿨쿨……!'

무불악은 코까지 골며 깊은 잠에 빠져 있었다.

황 노인은 무불악의 자는 모습을 물끄러미 바라보았다.

"선악을 함께 지닌 상(相)이라니… 많지 않은 나이임에도 불구하고 파란만장한 삶이 느껴지는구나."

잠시 더 무불악을 주시하던 황 노인이 자리를 털고 일어섰다.

황 노인은 방을 나서며 나직이 중얼거렸다.

"기이한 만남이지만… 믿을 수 없는 녀석이니 속히 내보내야겠다."

第二十二章
그림 속의 비밀

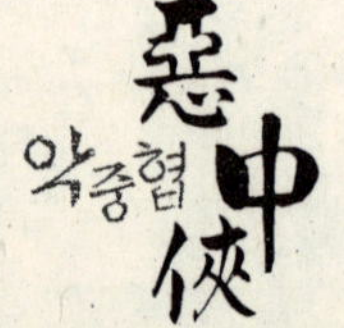

惡中俠
악중협

1

"그러니까 적당히 찔러달라고?"

"그래, 실수하지 마."

"호호, 칼 말고… 내 아랫도리로 찔러주면 안 될까?"

"새끼, 뒈지고 싶으냐?"

여인은 섬뜩한 웃음을 미소를 흘리며 손가락을 튕겼다.

쐐애액!

지강이 발출되자 여인을 희롱하던 산적은 머리가 뚫리며 대번에 즉사했다.

"으악!"

두둑한 은자를 손에 쥐고 희희낙락해하던 산적들은 동료

의 죽음에 안색이 싹 변했다. 산적들은 병장기를 꼬나 쥐고 여인을 에워쌌다.

"미친년! 감히 도치를 죽여?"

"당장 저년을 벗겨서 매달자!"

산적들이 대거 몰려들자 여인은 현란한 보법을 전개해 산적들 속으로 파고들었다.

퍼퍼퍽!

연속적으로 얻어맞은 산적들이 비명이 지르며 나자빠졌다.

산적들은 비로소 여인이 놀라운 무공의 소유자임을 인식하고는 바싹 긴장했다.

"사… 살려주십시오, 부인."

여인은 길게 늘어뜨린 장발을 귀 뒤로 넘겼다.

"새끼들, 나 아직 처녀야."

절색의 미모는 아니지만 절로 눈웃음치는 실눈과 보조개가 제법 귀여웠다.

여인은 다름 아닌 은사호리 은월영이었다. 평소답지 않은 단정한 복장과 머리를 풀어헤친 장발은 다소 의외였다.

산적들은 연신 고개를 조아렸다.

"소… 소저, 제발 살려주시오."

은월영은 몸에 걸친 백의를 몇 군데 찢었다.

"발각되지 않게 제대로 연기해라. 만일 실수하면 네놈들

눈깔을 모조리 뽑은 후 사지를 잘라 죽이겠다."

고운 용모와는 전혀 어울리지 않는 무시무시한 협박에 산적들은 더욱 공포를 느꼈다.

"예예, 알겠습니다요."

은월영은 바닥에 떨어져 있는 칼을 섭물진기로 끌어들여 손에 쥐었다.

"아니다. 네놈들 실력을 믿을 수 없으니 상처는 내가 내겠다."

그녀는 칼끝으로 다리와 옆구리, 어깨를 살짝 그었다. 흰옷이다 보니 약간의 피만으로 붉게 물들어 마치 심한 부상을 당한 것처럼 보였다.

은월영은 칼을 바닥에 던지고 허리춤에 꽂아두었던 길쭉한 두루마리를 손에 쥐었다.

"다시 경고하지만, 실수하면 죽는다. 알겠냐?"

산적 두령이 조심스럽게 물었다.

"혹시… 저희가 소저를 위협하는 와중에 죽는 일은 없겠습니까요?"

"절대 없어. 상대가 대단한 의협이기는 해도 사람을 함부로 죽이는 독한 계집은 아니니까."

"알겠습니다요."

"자, 그럼 슬슬 시작해 볼까?"

은월영은 숲으로 향하며 냅다 비명을 질러댔다.

"아아악! 살려주세요!"

산적들은 떨떠름한 표정으로 서로를 보았다.

"두령, 공연히 저 요사한 계집의 수작에 놀아나다 우리만 작살나는 거 아닌지 모르겠소."

"어찌하겠냐? 저년의 독한 손속을 보건대 달아나도 우리를 쫓아와 죽일 계집인데? 하여간 더럽게 걸렸다."

두령은 대두도를 뽑아 들고 숲으로 달려갔다.

"우리 목숨이 걸렸으니 최대한 소란을 피워라, 어서!"

봉황산(鳳凰山)은 중경과 호남의 경계에 위치한 산이다. 천하의 명소인 천자산의 한 자락답게 죽순처럼 솟아 있는 산세가 수려했다.

한 사람이 좁은 산길을 따라 이동하고 있는데 걸음을 내딛을 때마다 삼사 장씩 이동했다.

행운유수처럼 이동하는 사람은 커다란 죽립을 쓴 여인이었다. 여인은 죽립을 약간 치켜 올리며 맑은 눈빛으로 주변을 살폈다.

양 볼의 깊은 흉터가 눈에 거슬렸지만 참으로 놀라운 미모를 지닌 절색이었다.

여인은 바로 천기무화 한운지였다.

"천해문의 정보가 정확하다면 이 근방인데……"

그녀가 호남성 봉황산을 찾아온 연유는 최근 강호를 강타

한 충격적인 소식 때문이었다.

무불악이 천풍무국으로 침투하려 했다가 발각돼 한바탕 싸움이 벌어졌는데, 놀랍게도 상대는 오대천마에 속한 두 마왕인 철마와 혈마였다.

무불악은 철마와 격돌해 커다란 부상을 입고 겨우 탈출했으며 이로 인해 천풍산 일대에 대대적인 수색이 펼쳐졌다.

구주파천의 행방을 수소문하던 한운지는 곧바로 발길을 돌려 중경으로 향하면서 천해문에 무불악의 소재 파악을 의뢰했다.

천해문에서는 일전에 한운지 덕분에 총단의 위기가 무마된 적이 있었던 터라 즉시 모든 정보력을 동원했다. 오래지 않아 천해문에서는 무불악이 봉황산으로 피신한 이후 행적이 묘연해졌다는 정보를 제공해 주었다.

물론 이 정보가 교묘하게 조작되었다는 사실은 천해문조차 전혀 간파하지 못했기에 한운지는 밤을 새워 봉황산에 이르게 된 것이다.

"두 마왕을 동시에 상대했다면 부상이 심할 텐데……."

무불악의 안위에 대한 걱정으로 한운지는 초조한 마음을 금할 수 없었다.

무불악에 대한 평가는 그녀도 조금은 혼란스러웠다.

악인으로 평가하자니 천하를 위협하는 오대천마와 맞서 몇 번씩이나 싸운 영웅이었다. 하지만 의천오절의 묘소를 파괴하고 우내삼기에게 부상을 입힌 그의 행실은 결코 의협으로 추앙될 수 없었다.

어쨌거나 한운지는 화훼문에 침투해 죽어가는 무불악을 구출했고 의천무경까지 전수해 주는 중대한 결단을 단행했다.

이제 그녀에게 있어 무불악은 아주 소중한 존재였다.

자신에게 주어진 벅찬 사명을 대신 수행해 줄 사람이기에 그가 심하게 다치지 않았기를 내심 기원했다. 만일 그가 죽는다면 그녀는 마치 친인을 잃은 것처럼 깊이 상심할 것이다.

문득 주변을 살피던 한운지의 귀가 쫑긋했다.

여인의 비명 소리, 사내들의 거친 함성…….

타고난 협녀인 한운지로서는 아무리 급한 상황이라도 결코 묵과할 수 없는 상황이었다.

"누군가 쫓기고 있는 것 같군."

한운지는 한 마리 학처럼 숲을 넘어갔다.

마치 짐승을 사냥하듯 산적들이 한 여인을 에워싼 채 괴성을 지르며 놀려대고 있었다.

"케헤헷, 싱싱한 계집이로군."

"상하지 않게 살살 다뤄라."

은월영은 두루마리를 가슴에 안은 채 도주하며 다급하게 외쳤다.

“도와주세요― 제발 도와주세요!”

산적 두령이 가까이 다가서며 허공에다 대고 칼질을 했다.

“이년아, 아무리 외쳐 봐라. 우리 와룡채 산적을 보면 관병들도 달아나는데 누가 네년을 돕겠느냐?”

“아악, 제발 살려주세요!”

은월영은 뒷걸음질을 치다가 누군가의 접근을 감지하고는 산적 두령에게 전음을 보냈다.

[뭐 해, 새끼야? 어서 덥쳐!]

산적 두령은 움찔하다가 은월영에게 달려들었다.

“네년은 오늘 이 어르신이 책임지겠다!”

“아앗!”

은월영은 비명을 지르며 주저앉았다.

이 순간 하나의 인영이 날아들며 산적 두령을 걷어찼다.

은월영 옆으로 내려선 사람은 물론 한운지였다.

“못된 도적들! 어찌 연약한 여인을 괴롭히는 것이냐?”

산적 두령은 가슴을 매만지며 벌떡 일어섰다.

“이건 또 웬 계집이야? 오늘 쌍으로 즐길 수 있겠군. 애들아, 저년도 자빠뜨려라!”

산적들은 병장기를 휘두르며 달려들었다.

“죽립을 벗어봐라. 어디 낯짝이나 보자!”

“케헷, 감히 와룡채 업무를 방해해?”

한운지는 상대가 한주먹 거리도 되지 않는 조무래기들이

기에 소매만 슬쩍 저었다. 산적들은 마치 철벽에 부딪친 듯 상당한 충격을 느끼며 나가동그라졌다.

"아이쿠!"

"커억!"

산적 두령은 한운지의 엄청난 무공에 내심 두려웠지만 수하들이 죽지 않았다는 사실에 한가닥 기대를 걸었다.

'최소한 죽지는 않겠군.'

산적 두령은 대두도를 휘두르며 달려들었다.

"이년, 내 칼도 받아봐라!"

한운지가 손가락을 튕기자 산적 두령의 대두도가 박살났다.

"커억… 엄청난 고수다!"

산적 두령이 겁을 집어먹자 졸개들이 먼저 내뺐다.

"두령, 튑시다!"

"우리 상대가 아니오!"

산적 두령도 충분히 역할을 다했다 싶어 냅다 달아났다.

"두고 보자, 이년!"

산적들이 모두 사라지자 한운지가 은월영에게 시선을 돌렸다.

"어마, 많이 다쳤군요?"

은월영이 입은 백의 곳곳이 찢기고 피로 물들어 있어 외견상 큰 부상으로 보였다.

은월영은 한운지에게 연신 고개를 조아렸다.

"고맙습니다, 은공. 정말 고마워요. 흑흑……."

한운지는 상대의 전혀 생소하지 않은 모습에 조금은 의아해했지만 그저 친숙한 용모 탓으로 생각했다. 그녀는 은월영의 상처를 살피고는 온화한 미소를 띠었다.

"그나마 다행이에요. 상처가 깊지 않으니 이내 치료될 수 있을 겁니다."

은월영은 한운지의 한쪽 어깨에 얼굴을 묻으며 서러운 눈물을 뿌렸다.

"흑흑, 세상이 무서워요."

한운지는 은월영의 어깨를 감싸며 다독여 주었다.

"그래요. 연약한 여인이 혼자 다니기에는 너무 험악한 세상입니다."

봉황산 자락의 초옥.

한운지는 비어 있는 농가를 한 채 빌려 은월영의 외상을 치료해 주고 놀란 가슴을 안정시켜 주었다.

"이제 안심해도 돼요."

"고마워요, 언니."

은월영은 공손히 손을 모았다.

"저는 금영(琴玲)이라 합니다. 언니의 방명은……."

"나는 한운지예요."

"아, 한 언니셨군요. 언니는 높은 무공을 지녔나 봐요."

"아니에요. 그저 몸 하나 지킬 수준이죠."

"저도 어서 무공을 배워야 하는데……. 아 참, 내 그림!"

침상에서 내려선 은월영은 탁자에 놓여 있는 두루마리를 집어 들었다.

은월영은 두루마리를 펼쳐 그림을 살피고는 안도했다.

"아, 다행히 그림이 상하지 않았어."

한운지가 옆으로 다가섰다.

"귀한 그림인가 보죠?"

"예, 아버님께서 물려주신 소중한 그림이에요. 아버님께서는 이 그림 속에 깊은 비밀이 담겨 있다고 했어요. 그림을 제대로 해석하면 높은 무공도 배울 수 있고 귀한 보물도 얻을 수 있다고 했어요."

"그래요?"

한운지는 호기심을 느껴 그림을 한번 훑어보고는 깜짝 놀랐다.

"가만, 이 그림은……?"

은월영이 눈을 동그랗게 뜨며 물었다.

"한 언니는 이 그림을 알고 있어요?"

"금 낭자의 아버님이 어떻게 이 그림을 손에 넣었는지 몰라도 이것은 강호에서 아주 진귀한 보물입니다. 그림의 제목은 팔선월무도인데… 일종의 장보도입니다."

"그럼 보물이 숨겨져 있다는 아버님의 유언이 사실이었군요?"

"유언이라면… 이미 돌아가셨나요?"

은월영은 눈물을 글썽이며 자신의 거짓 신세를 늘어놓았다.

"예, 사실 제 아버님은… 유명한 도둑이셨어요. 아버님은 이 그림을 제게 전한 후 돌아가셨고 이후 저는 쫓겨 다니는 신세가 되었지요."

전후 사정으로 미루어 의심할 만한 구석이 없었기에 한운지는 은월영에 대해 조금도 달리 생각하지 않았다.

"아, 그랬군요."

"한데 이 그림은 정말 신기해요. 낮에 볼 때는 선녀들이 춤을 추는 모습인데 밤이 되면 침상에서 잠을 자는 모습으로 바뀝니다. 이게 무슨 조화죠?"

"이 그림은 두 가지 물감으로 그려져 있어요. 일반적인 그림 위에 멀리 남해에서 자생하는 해형(海螢)이라는 조개류에서 추출한 물감으로 덧칠해 그렸기에 두 가지 형상을 지닐 수 있는 겁니다."

한운지는 그림을 가리키며 자상하게 설명해 주었다.

"해형에서 추출한 물감은 냉광을 지녀 야광충처럼 낮에는 전혀 보이지 않다가 주변이 어두워져야 비로소 빛을 발하지요. 일반 먹으로 그린 선녀 그림은 어둠 속에서는 전혀 보이지 않고 해형으로 그린 그림만 보이기에, 밤이 되면 선녀들이 침상에서 자는 그림으로 바뀌는 겁니다."

"아, 그렇군요. 언니는 정말 총명하세요."

은월영은 손뼉을 치며 감탄을 발했지만 내심은 질투로 부글부글 끓었다.

'계집애! 천둥성현의 제자답게 정말 모르는 게 없군.'

그녀도 나름대로 박식함을 자부했지만 팔선월무도의 비밀에 대한 내막까지는 전혀 몰랐던 것이다. 해형에서 추출된 물감이 있다는 사실도 처음 알게 된 것이다.

은월영은 질투심 때문에 절로 살의를 품다가 행여 발각될까 싶어 얼른 표정을 관리했다.

"한 언니, 이런 신기한 그림을 누가 남겼을까요?"

"금 낭자가 강호의 여인이 아니라 이해가 될지 모르겠군요. 일 갑자 전에 절대삼자로 불리는 대단한 기인들이 있었어요. 그들 중에서 한 분이 신기자인데 타고난 장인으로 놀라운 손재주를 지녀 많은 보물을 만들어냈지요. 만일 전설이 사실이라면 이 팔선월무도를 해독해 신기자의 보물을 찾아낼 수 있어요."

"저어, 언니, 부탁이 있어요."

"뭐죠?"

"이 그림을 언니에게 드릴게요."

은월영은 그림을 말아 한운지에게 건넸다.

“저 대신 그림을 맡아주세요. 아마 언니처럼 총명하신 분이라면 그림의 비밀을 해독할 수 있을 겁니다. 강호의 보물이라면 저보다는 언니에게 더 필요할 것 같아요.”

한운지는 한 걸음을 뒤로 물러서며 정중히 사양했다.

“그럴 수는 없습니다. 보물의 주인은 팔선월무도를 지닌 금 낭자의 것입니다.”

“제게는 무용지물이에요.”

“아닙니다. 성심으로 그림을 연구하면 분명 비밀을 해독할 수 있을 거예요.”

한운지가 완곡하게 사양하자 은월영이 대안을 제시했다.

“그럼 이렇게 해요. 언니가 그림을 가지세요. 대신 그림의 비밀을 해독해 보물을 찾게 되면 반씩 나누기로 하죠. 그러면 공평하지 않겠어요?”

“그래도……”

“언니, 제가 이 그림을 갖고 있어봤자 공연히 탐욕스런 무리들에게 죽게 될 겁니다. 그렇다고 아버님의 유물을 함부로 버릴 수도 없잖아요? 언니는 좋은 분이시니 맡겨도 안심이 돼요.”

“금 낭자는 아직 나에 대해 잘 모르잖아요?”

은월영은 다정한 눈빛을 띠었다.

“왜 몰라요? 저를 구해주셨고, 게다가 귀한 보물이 숨겨진 그림을 보았는데도 전혀 욕심을 내지 않는 맑은 심성을 지니신 분인데?"

한운지는 잠시 고민하다가 두루마리를 받아 들었다.

"좋아요. 날 믿는다니 잠시 맡기로 하죠. 최대한 연구해 보겠지만 너무 기대하지는 말아요."

"언니라면 반드시 해독할 수 있을 거예요."

"한데 내가 거처가 일정치 않은데 어떻게 연락을 하죠?"

"저는 낙양에 있는 친척집에서 지낼 생각이에요."

"낙양… 그럼 이렇게 하죠. 세상에 천해문이라는 문파가 있습니다."

은월영은 고개를 끄덕거렸다.

"천해문이라면 들어봤어요. 고민거리는 뭐든 해결해 주는 곳이라면서요?"

"맞아요. 천해문은 천하 곳곳에 지부와 분소를 두고 있지요. 낙양은 큰 성시라 천해문 지부가 있습니다. 만일 내가 그림을 해독하게 되면 그 내용을 천해문 지부에 맡겨두겠어요."

"보물은 언니와 함께 찾으러 가야 하지 않겠어요?"

"금 낭자, 견물생심이라고 만일 귀한 보물을 찾게 되면 내가 어떻게 변하게 될지 나 자신도 모릅니다. 난 이 그림만 가질게요. 그것으로 충분해요."

한운지의 고매한 심성에 은월영은 진심으로 감탄했다.

"아, 정말이지 언니는 욕심이 전혀 없군요."

"금 낭자, 내가 급히 만나야 할 사람이 있어 이만 가봐야겠어요. 상처는 깊지 않으니 이삼 일만 요양하면 운신에 문제가 없을 겁니다."

"고마워요, 언니. 다시 만나길 기원할게요."

"그래요. 인연이 된다면… 다시 만나게 되겠지요."

한운지는 다정한 미소를 건네고는 방을 나갔다.

은월영은 문밖까지 나와 한운지를 배웅했다. 몇 걸음 걷는 사이 한운지는 순식간에 사라져 버렸다.

한운지가 완전히 멀어진 것을 확인하자 은월영은 비로소 안도의 한숨을 내쉬었다.

"후우, 들킬까 봐 가슴 졸였잖아?"

방으로 돌아온 은월영은 침상에 벌렁 누우며 호들갑스럽게 웃음을 터뜨렸다.

"호호호! 천기무화를 속여 넘겼다! 천하에서 가장 똑똑하다는 계집애를 속였으니 역시 내가 한 수 위야!"

그녀의 궁극적인 목표는 한운지 척살이었다.

그러나 팔선월무도를 획득한 그녀는 그 비밀을 해독해 신기자의 보물을 얻고 싶었다. 그녀가 주도적으로 사파 조직을 결성하려면 막대한 재물과 더불어 강호의 보물이 필요했던 것이다.

한데 그녀의 두뇌로도 팔선월무도의 비밀을 해독하지 못했다. 그래서 생각해 낸 것이 한운지의 두뇌를 빌리겠다는 계책이었다.

은월영은 천사혈뇌의 제자가 되어 갖은 계책과 술수를 배웠지만 하도낙서나 기문둔갑과 같은 난해한 학문은 미처 깨우치지 못했다.

반면 한운지는 천둥성현의 의발전인이 되어 체계적으로 모든 학문을 배웠기에 학식의 깊이는 확실히 차이가 있었다.

은월영은 몹시 자존심이 상했지만 신기자의 보물이 절실하게 필요한 현실을 인정하기로 했다.

그러나 한운지가 팔선월무도의 비밀을 해독해도 결국 보물은 자기 차지가 되니 둘 사이에 전개되는 두뇌 대결의 승자는 자신이 된다.

고도의 술수와 책략.

이것이 그녀가 천해문에 거짓 정보를 제공하고 산적들과 함께 연극을 꾸며 한운지의 구함을 받게 된 내막이었던 것이다.

은월영은 눈알을 또르르 굴렸다.

"세상 누구도 믿을 수 없지만 한운지는 믿어도 돼. 탐욕 때문에 신기자의 보물을 가로챌 계집은 절대 아니니까."

문득 무불악을 떠올린 은월영은 침상에서 일어나 앉았다. 그녀의 두 눈에서 섬뜩한 살기가 뿜어졌다.

"어서 그림의 비밀을 해독해라, 한운지. 그 보답으로 네년을 죽여 무불악 그놈이 미쳐 날뛰게 만들어주겠다."

황 노인은 무불악의 손을 감싼 붕대를 풀어주었다.

"손가락을 한번 움직여 봐라."

무불악은 다섯 손가락을 움직여 보고는 마디를 접어 이상 유무를 확인해 보았다. 아직 완치되지 않아 통증이 느껴졌지만 손가락을 놀리는 데에는 전혀 문제가 없었다.

'후우, 다행히 팔 병신은 면했어.'

그는 내심 무척 기뻤지만 황 노인의 의술을 인정하고 싶지 않아 일부러 대수롭지 않게 응수했다.

"뭐, 대단치 않은 부상이었으니 이 정도 회복되는 것은 당연한 것 아니겠소?"

무불악은 팔을 감싼 붕대를 마저 풀어내고는 흉터를 살폈다.

"염병, 바느질이 왜 이렇게 형편없어? 피부가 축 늘어졌잖아? 꿰맨 자국도 너무 선명하고 말이야."

황 노인은 무불악의 꿰맨 자국을 훑어보았다.

"다행히 제대로 아물었구나. 속살이 붙으면 후줄근한 피부가 다시 팽팽해질 것이다. 꿰맨 자국은 세월이 흐르면 조금씩 나아지겠지."

"뭐요? 그렇다면 속살이 붙을 것을 예상해서 느슨하게 꿰맨 것이란 말이오?"

"당연하지 않느냐? 바싹 꿰매놓으면 피부가 터져 다시 살을 꿰매야 한다."

무불악은 상대의 깊은 배려에 감탄해 솔직하게 말했다.

"황 노인… 아니, 황 의원. 영감의 의술 솜씨는 내가 인정하겠소. 영감은 내가 만난 최고의 의원이오."

"네가 인정하지 않아도 내 의술은 내가 알고 있다."

황 노인은 방 안에 있는 수북한 약재를 분류해 약장 서랍에 담았다.

"이제 떠나도 좋다."

무불악이 황 노인 뒤로 다가섰다.

"황 의원, 사례를 해야겠으니 원하는 게 있으면 말해보시오."

"없다. 있다고 해도 치료를 빌미로 네게 사례를 받고 싶은 마음은 추호도 없다."

"내가 성격이 깔끔해 신세 지고는 못 사는 성미요. 필요한 약재가 있다면 내가 구해줄 것이고, 누군가에게 원한이 있다면 내가 대신 죽여주겠소."

황 노인은 고개를 돌렸다.

"대신 죽여주겠다고?"

"그렇소. 그래서 영감이 기쁠 수 있다면 나도 신세를 갚은 것 아니겠소?"

"네 무공이 그렇듯 대단하냐?"

"솔직히 말해 내가 못 죽일 사람은 없소."

"그렇다면 네가 건곤불패를 죽일 수 있겠느냐?"

"뭐요? 건곤불패……?"

한껏 거들먹대던 무불악의 표정이 심각하게 굳어졌다.

불패성의 성주 건곤불패.

당금 천하를 호령하는 세 명의 절대자 중에서도 최강으로 불리는 절세고수가 아니던가.

무불악은 쓴 입맛을 다셨다.

"정말… 건곤불패를 죽여달라는 것이오?"

"허헛, 농담이다. 네 표정을 보니 자존심이 잔뜩 상한 것 같구나?"

황 노인은 약재 쓰레기를 들고 밖으로 나섰다.

"전혀 마음에 담아두지 마라. 단지 너를 놀리려고 한 소리 이니까."

무불악이 그를 따라 마당으로 나서며 한마디 던졌다.

"확실하게 말하시오. 진심으로 건곤불패의 목이 필요하다 면 내가 가져다주겠소."

황 노인은 화덕 위에 놓인 약탕기를 두루 살폈다.

"농담이라지 않았느냐?"

"젠장, 정말 나를 놀린 거로군. 거 고약한 영감일세."

"무불악, 내게 정 신세를 갚고 싶다면 한 번쯤 아무런 대가를 받지 않고 남을 도와줘라."

"내가 왜 그런 일을 해야 하는 거요?"

"내가 아무런 대가 없이 너를 치료해 준 것은 의원으로서 당연한 도리다. 그와 마찬가지로 위험에 처한 사람을 아무런 대가 없이 구해주는 것은 사람으로서 당연한 도리다. 네가 정 내게 신세를 갚겠다면 한 번쯤 사람의 도리를 행해라. 그것이 내가 받고 싶은 보답이다."

"……."

무불악은 물끄러미 그를 바라보다가 의미심장한 미소를 머금었다.

"역시 예사 의원이 아니었어. 세상과 연루되지 않으려는 은자가 확실해. 영감의 진짜 신분이 뭐요?"

"보다시피 그저 약초를 캐서 먹고사는 늙은이일 뿐이다."

"알겠소. 자신의 정체를 숨기려는 사람을 굳이 캐고 싶지도 않소."

무불악은 간장검을 허리춤에 꽂고는 숲으로 향했다.

"영감에 대해서는 가급적 입을 다물어주지. 그것이 내 팔을 치료해 준 보답이오."

몇 걸음을 걷는 사이 무불악은 숲 속으로 사라졌다.

황 노인은 약탕기의 약을 살피다가 한참 후에야 숲으로 고개를 돌렸다.

"그래, 나에 대해 떠들어대지 않는 것이 보답이 되겠다. 과연 무불악을 자처하는 악당다운 신세 갚음이구나.”

숲을 빠져나온 무불악은 지형을 살펴보았다. 산 아래 멀리 마을이 보였다.

“작은 성시 정도는 되겠군. 말부터 한 필 구해야겠다.”

무불악은 느릿느릿 산을 내려갔다.

천풍무국의 국주가 여인이라는 정보를 백을천으로부터 들은 이후 천풍무국에 대한 흥미가 사라졌다. 더 이상 천풍무국을 조사할 이유가 없기에 침투는 전혀 생각지 않았다..

“결국 검마나 독마를 만나야 놈에 대한 정보를 입수할 수 있다는 얘기인데…….”

오대천마와의 대면은 영 내키지 않았지만 심로와 약조한 복수를 위해서는 피할 도리가 없었다.

“하여간 운지의 행방부터 수소문해 봐야겠군. 마왕들의 소재에 대해서는 운지가 가장 정통하니까.”

산길을 따라 내려가던 무불악은 연이어 들려오는 바람 소리에 눈썹을 슬쩍 치켜 올렸다.

“하수들은 아닌 것 같은데…….”

그는 커다란 나무 뒤로 몸을 숨겼다.

곧이어 세 명이 능선을 넘어 달려왔다. 그들은 풀끝을 밟고 달리는 초상비 경공을 전개해 계곡으로 내려갔다.

세 사람의 생김새와 복장은 아주 독특했다.

요란하게 색칠한 모습이며 생김새가 한족으로 생각되지 않았고 가죽옷과 장신구 또한 한인의 것이 아니었다.

무불악은 그들을 주시하며 고개를 갸웃거렸다.

"호남성이 묘강과 인접해서인가? 저들의 생김새를 보니 묘족들인 것 같군."

계곡을 내려선 세 명이 신호를 보내자 다섯 명이 대나무 숲에서 모습을 드러냈다. 그들 다섯은 한인 복장을 하고 있었지만 생김새는 묘족에 가까웠다.

그들 여덟 명은 서로 대화를 주고받았지만 묘족어를 사용했기에 무불악은 전혀 알아들을 수가 없었다.

"새끼들, 뭐라고 씨부렁대는 거야?"

무불악은 잠시 묘족들을 지켜보다가 발길을 돌렸다.

묘족들의 특이한 생김새에 조금 호기심이 일었지만 계속해서 그들을 살필 이유가 없었기 때문이다.

"모처럼 술이나 한잔 마셔야겠군."

원릉은 호남성 서부에 위치한 커다란 성시라 비교적 번화했다. 원릉으로 향하는 관도 위는 물자를 실은 짐마차들이 꼬리를 물고 이어지고 있었다.

무불악은 느릿느릿 걸음을 옮겼지만 진기를 운기했기에 비교적 빠른 속도로 관도를 지나쳤다.

길모퉁이를 돌자 관도를 정비하는 많은 사람들이 보였다.

오가는 짐마차들은 운행이 중단돼 길 좌우에 세워져 있었
다. 갈 길이 급한 상인들이지만 상황을 이해해서인지 별반 불
만스런 표정은 드러내지 않았다.

사람들은 관도를 쓸고 꽃잎을 뿌렸다. 귀인의 행차를 맞이
하는 모습이었다.

무불악은 사람들이 자신을 환대하는 것으로 잠시 착각했
다.

"어라, 내가 이렇게 유명인사가 되었나? 길을 청소하고 꽃
잎까지 뿌려놓다니 말이야."

한데 그가 당당히 꽃잎을 밟고 들어서자 사람들이 놀라 몰
려들었다.

"아니, 뭐 하는 거요?"

"우리 모두를 죽일 일 있소?"

"어서 길옆으로 물러서시오!"

무불악은 아우성을 치는 사람들을 둘러보았다.

"뭐야? 날 맞이하기 위해 꽃까지 준비한 게 아니었나?"

나이가 지긋한 노인이 정색하며 나무랐다.

"무사는 어서 물러서시게. 공연히 소란을 피웠다가는 우리
뿐 아니라 자네까지 곤욕을 치르게 될 것이네."

"노인장, 황제라도 행차한 것이오? 왜 이리 야단법석을 떠
는 거요?"

"일단 길부터 비켜주게나."

노인은 무불악의 소매를 쥐고 길옆으로 이끌었다.

길가로 도열해 선 사람들 중 일부는 향을 피워 들었고 몇몇은 불경을 외기도 했다.

노인은 무불악이 행여 소란을 피울까 우려해 계속 소매를 쥐고 있었다.

"귀인께서 곧 지나가시니 잠시만 기다리게."

"손 놓으슈. 난 사내한테 취미 없으니까. 더군다나 늙은이는 아예 관심없소."

"허어, 자네 말투가 왜 이리 고약한가?"

"재수 좋은 줄 아슈. 젊은 놈이었다면 벌써 한 방 먹였을 거요."

무불악은 소매를 뿌리치고는 퉁명스레 물었다.

"대체 어떤 귀인이 지나가는데 이 난리요?"

"남양왕부의 화운군주님이시네. 이곳 호남에서는 공주와 같은 분이시지."

"화운군주? 가만, 걔 이름이 주약란이던가?"

무불악이 직접 군주의 이름을 거론하자 노인의 안색이 싹 변했다.

"자, 자네 정말 위험한 사람이로군? 감히 군주님의 방명을 함부로 입에 올리다니……."

"내가 화운군주와는 면식이 있소. 이참에 만나볼까?"

"안 되네."

노인은 무불악의 손을 쥐고는 통사정을 했다.

"제발 참아주게나. 군주의 행차를 멈춰 세우는 것은 중대한 불경일세. 자네 때문에 우리 원릉성 사람들 모두가 곤욕을 치러야 하겠는가? 제발 나서지 말게나."

노인의 간절한 모습에 무불악은 짜증스럽게 내뱉었다.

"영감, 나를 완전히 졸로 보는군. 하여간 알았으니 이 냄새 나는 손 좀 치워."

무불악은 노인을 밀치고는 뒷짐을 지고 섰다.

"군주인지 공주인지 어서 지나가라고 하슈. 바쁜 사람 공연히 발 묶지 말고."

"잠시만 기다리게나. 금세 지나가실 것이네."

노인은 무불악이 행여 군주의 행차 행렬로 뛰어들까 우려돼 전전긍긍이었다.

잠시 후 다급한 말발굽 소리가 들려왔다.

두두두—!

번쩍거리는 갑옷과 투구를 갖춰 입은 군병들이었다. 행차의 선발대에 속한 군병들은 한 마장 앞서 달리면서 전방의 이상 유무를 파악하는 것이 임무였다.

선발대가 지나가자 무불악이 노인에게 물었다.

"남양왕부는 어디에 있소?"

"형남일세."

"형남이라면 이곳에서 꽤 먼 거리로군. 군주가 무슨 연유로 이곳을 지나는 것이오?"

"여기서 멀지 않은 원릉산에 영법사(永法寺)라는 사찰이 하나 있네. 선대의 고승께서 세운 천년고찰로 아주 영험하지. 그래서 왕후마마와 군주님께서 해마다 방문해 불공을 올리셨는데 이번에는 군주님 혼자 불공을 드린다고 하시네."

무불악은 공연히 툴툴거렸다.

"제길, 남들 못 가진 것 다 가진 군주가 뭐 아쉬운 게 있다고 불공이야? 아, 한 가지 있겠군. 부귀영화를 오래도록 누려야 하니까 명줄은 길어야겠어."

존엄한 황녀를 대놓고 비난하는 무불악의 언사에 중대한 위협을 느낀 듯 노인은 슬금슬금 물러섰다.

잠시 후 화운군주의 본 행렬이 모습을 드러냈다.

다각다각……!

수백 필의 군마가 화려한 사두마차 앞뒤로 삼엄한 경호를 펼치고 있었다. 마차의 속도는 빠르지도 느리지도 않았다.

화운군주의 행차가 지나가자 관도 변의 사람들은 모두가 무릎을 꿇으며 배례를 올렸다.

"군주님을 뵈옵니다!"

"천세천세천천세!"

사람들이 고개를 조아리는 사이 마차 행렬은 관도를 따라 멀어져 갔다.

배례를 올리지 않은 사람은 무불악뿐이었다.

마차의 배후를 따르는 군병들은 말채찍을 쥔 손으로 무불악을 가리키며 무릎 꿇을 것을 지시했지만 무불악은 가소롭다는 듯 조소를 흘렸다.

군병들이 준동하려 하자 군관이 준엄하게 꾸짖었다.

"소란들 피우지 마라. 군주님께서는 백성들에게 강요된 예를 원치 않으신다."

군관의 지시 덕분에 아무런 분란 없이 군주 행렬이 모퉁이를 돌아 사라졌다.

사람들은 비로소 안도하며 빗자루로 꽃잎을 쓸어냈다.

무불악은 원릉성으로 향하며 나직이 중얼거렸다.

"계집애, 낯짝이라도 한 번 보려 했는데 코빼기도 보이지 않는군."

성내로 들어선 무불악은 가까운 주점에 들어 술과 안주를 주문했다.

그는 씁쓸한 차로 입을 적시며 동정호에서 만난 적이 있는 주약란을 떠올렸다.

고귀한 기품을 지니고 있기는 했지만 별반 미인이 아니기에 인상이 썩 깊지는 않았다. 주약란과 두 번에 걸쳐 시합을 벌인 것도 기억났지만 사실 그의 억지가 작용했기에 유쾌한 기억은 아니었다.

"어쨌든 간장검을 얻어 철마의 팔을 벨 수 있었으니 다행이지 뭐."

주문했던 술이 나오자 무불악은 한 잔 가득 따라 입에 털어
넣었다.

그동안 부상을 치료하느라 산중에만 머물러 있었기에 오
랜만에 마신 술맛은 아주 달콤했다.

"좋다. 이 좋은 술을 여태 못 마시고 살았다니."

그는 술을 반주 삼아 모처럼 제대로 된 식사를 했다.

한데 이때였다. 한 중년인이 주점으로 뛰어들며 다급하게
외쳤다.

"모두들 들으시오! 군주님께서 괴한들에게 납치되는 망극
한 사고를 당하셨소! 이로 인해 원릉 일대에 비상사태가 선포
되었소! 가급적 집으로 돌아가 나오지 마시오!"

화운군주 납치!

실로 충격적인 사고가 아닐 수 없었다.

호남성에서 남양왕은 황제와 같은 권위를 지녔다. 한데 남
양왕부의 장중보옥인 화운군주가 납치되었으니 이는 천하가
뒤집힐 대사건이 아닐 수 없었다.

겁 많은 사람들은 술을 마시다 말고 서둘러 주점을 나갔고
주인도 모든 주문을 중지했다.

화운군주가 납치됐으니 원릉성의 군병들이 총출동하는 것
은 물론이며 왕부의 천위대가 대거 몰려올 것이다. 납치 사건
에 대한 단서를 찾기 위해 대규모 수색과 검문이 펼쳐질 것이
기에 가급적 나돌아다니지 않는 것이 상책이었다.

칼을 찬 무사가 물었다.

"대체 어떤 죽일 놈들이 고귀한 화운군주를 납치했단 말이오?"

"괴한들 모두가 복면을 하고 있어 정체는 확실치 않소. 하지만 싸움 도중 죽은 자의 모습이 묘족이기에 일단 묘족 오랑캐들의 소행으로 추정되고 있소."

"고약한 오랑캐 놈들! 일전에 남양왕 전하께서 자비로써 반란군을 용서하셨는데 이런 참담한 짓을 저질렀단 말인가?"

무사가 자리를 박차고 일어서자 다른 무사들도 동참했다.

"당장 군주님의 행방을 추적합시다!"

"화운군주께서 묘강까지 끌려가게 놔둘 수는 없소!"

"이는 중원의 수치요!"

무공을 지닌 무사들은 모두 추적에 나섰고 다른 술손님들도 자리를 떴기에 주점에는 무불악 혼자뿐이었다.

무불악은 화운군주의 납치를 조금은 의외롭게 생각할 뿐 대수롭지 않게 취급했다. 설사 화운군주가 피살되었다 해도 그러려니 했을 것이다.

무불악이 술을 한 병 더 주문하자 창을 통해 거리의 동정을 살피고 있던 주인이 다가와 조용히 말했다.

"공자, 지금 군병들이 도처에 깔려 모든 업소를 수색하고 있소. 웬만하면 공자도 몸을 피하시오."

"술이나 내오시오."

"아이고, 저도 이제 문을 닫아야겠소이다."

"염병, 고작 계집 한 명 납치된 게 무슨 큰 사고라고 이 난리야? 난 꼭 술을 마셔야겠으니 당장 가져와!"

주인은 가슴이 덜컥 내려앉았다.

고작 계집 한 명.

고귀한 군주를 그렇게 취급했다는 것만으로 역적으로 취급되기에 충분했다.

주인은 급히 술을 한 병 내오고는 아예 주점을 나가 버렸다. 술값 몇 푼보다는 자신의 목숨이 더 소중했던 것이다.

술잔을 비운 무불악은 갑자기 인상을 찌푸렸다.

"제기, 왜 하필 이런 상황에서 황 영감의 부탁이 떠오른 거지?"

황 노인은 아무런 대가 없이 남을 도와주는 것으로 대신 신세를 갚으라고 권고했다.

무불악이 그 요구를 수행해야 할 이유는 없지만 신세를 지고 못 사는 그의 성격상 한 번쯤은 해결해야만 했다. 그래서 심적인 빚을 해소해야 그도 마음이 편할 것 같았다.

"내가 화운군주를 구해주어야 할 이유는 전혀 없다. 하지만 황 영감은 아무런 대가 없이 남을 도와주라고 했어. 이렇게 되면 화운군주를 구해야 신세를 갚는 셈이 되는데……."

술을 입에 털어 넣은 무불악은 잠시 고민했다.

"그래, 생판 모르는 사람을 도와주는 것보다는 그래도 안면이 있는 사람을 구해주는 게 낫겠다."

그는 허리에 차고 있는 간장검을 어루만졌다.

"그동안 간장검 덕을 보았으니 좋게 생각하자."

자리에서 일어선 무불악은 빈 계산대에 은 한 조각을 던지고는 주점을 나섰다.

납치 사건을 추적하기는 쉽지 않다.

"가만, 어디서부터 시작한다……?"

문득 소식을 전한 중년인의 얘기가 뇌리를 스쳤다.

"맞아, 묘족! 산중에서 이상한 말로 떠들어댄 놈들도 바로 묘족이었어. 놈들이 진작 공모를 했다는 얘기인데……."

한가닥 단서를 찾아낸 무불악은 훌쩍 몸을 날렸다.

"놈들의 접선 장소부터 수색해 보자."

第二十三章
조건없는 구원

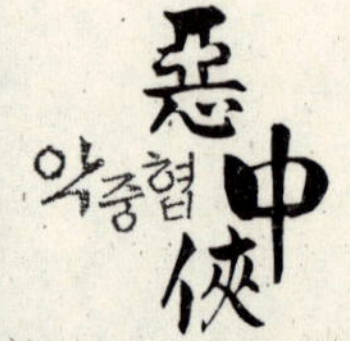
惡中俠
악중협

1

원릉산 계곡.

묘족들이 합류했던 장소에 당도한 무불악은 세심하게 주변을 살폈다.

"묘족들이 중원의 지리에 익숙하지는 않을 테니 정해진 행로를 따라 이동했을 것이다. 따라서 놈들이 주약란을 납치했다면 이곳을 거쳐 갔을 가능성이 높다."

무불악은 묘족들의 장신구와 가죽옷 조각, 건량 부스러기를 찾아냈지만 추적에 필요한 단서는 확보하지 못했다.

"젠장, 이러다 묘강까지 추적해야 하는 거 아냐?"

황 노인에 대한 신세를 갚겠다는 생각에서 납치 사건에 뛰어들었지만 그로서는 절박한 사명감이 없었다. 하지만 한 번 관여한 이상 끝장을 봐야 하는 게 그의 성미인지라 주약란을 구할 수만 있다면 묘강까지라도 쫓아갈 그였다.

무불악은 높은 나무 위로 올라섰다.

주변 관도를 따라 자욱한 먼지가 끊이지 않았다. 화운군주 납치로 인해 군병들이 최대한 멀리까지 포위망을 형성하기 위해 멀어지는 것으로 보였다.

무불악은 턱을 어루만지며 깊이 숙고했다.

"묘족들이 주약란을 척살하지 않고 납치했다는 것은 죽일 의도가 없었던 게 확실하다. 연유는 알 수 없지만 주약란의 목숨 값으로 무언가를 얻겠다는 의도다. 그렇다면 굳이 위험하게 포위망을 뚫고 멀리 묘강까지 가지는 않았을 것이다."

능선과 계곡 일대를 살피는 무불악의 눈매가 예리해졌다.

"도피가 아니라면 은신이겠군. 놈들은 의외로 가까운 곳에서 몸을 숨기고 있을 수도 있다."

나름대로 판단한 무불악은 다시 묘족들의 접선 장소로 내려섰다.

그는 꼼꼼하게 주변 삼십 장 이내를 수색했다. 작은 단서 하나만으로도 추적이 가능하기에 바닥에 떨어진 나뭇잎 하나도 소홀히 넘기지 않았다.

문득 나뭇가지에 걸린 가는 실오라기가 그의 눈에 들어왔다.

한 가닥의 실오라기이지만 무명실이 아니라 귀한 명주실임을 대번에 알 수 있었다.

"흐음, 비단에서 뽑아낸 실오라기다. 아마도 주약란이 남긴 단서라고 봐야겠군."

실오라기를 뽑아 나뭇가지에 걸어놓았다면 다소 자유로운 상태로 추정할 수 있었다.

"묘족들도 주약란의 신분을 감안해 예우해 주었나 보군. 주약란이 멍청한 계집은 아니니 다시 단서를 남겼을 것이다."

무불악은 수색 범위를 칠십 장 정도로 넓혔다.

이번에 찾아낸 단서는 진주 귀고리였다. 산중에 이렇듯 귀한 장신구가 있을 리가 없으니 주약란이 의도적으로 남긴 게 확실했다.

명주실과 진주 귀고리.

두 개의 단서가 발견된 거리는 삼십 장 정도였다. 이동 속도가 빠르지 않다는 것을 충분히 짐작하게 해줄 단서였다.

무불악은 자신감이 부쩍 솟았다.

"내 짐작이 맞았다. 놈들은 도피보다는 은신을 선택했다. 그렇다면 멀지 않은 곳에 있다."

세 번째 단서를 찾기 위해 그의 눈빛이 반짝였다.

동굴.

벼랑 사이에 형성된 동굴은 주변이 대나무 숲으로 둘러져 있었다. 또한 동굴 입구를 돌로 막고 이끼까지 덮어두었기에 외부에서 이를 발견하기는 극히 어려웠다.

두 명의 묘족 전사는 수북한 나뭇잎 속에 몸을 숨긴 채 외부인의 접근을 감시하고 있었다. 감당하기 어려운 적이 접근해 오면 도주해서 다른 곳으로 유인하는 것이 그들의 임무였다.

동굴 안에는 임시 거처가 마련돼 있었다.

희미한 유등 아래 가죽 거적을 깔고 단정히 앉아 있는 여인은 다름 아닌 화운군주 주약란이었다.

그녀는 말도 제대로 통하지 않는 묘족 오랑캐들에 의해 납치됐지만 별반 두려운 모습을 띠지 않았다. 버러지 한 마리 죽일 힘이 없는 그녀가 이렇듯 의연할 수 있는 것은 군주라는 높은 신분과 자긍심 때문이었다.

죽을지언정 굴욕을 당하거나 비참한 모습을 보이지 않겠다는 의지는 황족들이 지니는 우월적인 의식이었다.

동굴은 세 개의 공간으로 구분돼 있는데 다른 두 곳은 묘족 전사들의 차지였다.

화운군주 납치에는 여덟 명의 묘족 전사들이 뛰어들었다. 군주의 호위 군병들과 전투가 벌어지면서 두 명의 묘족 전사가 죽었고 한 명은 부상을 당했다.

납치를 지휘한 묘족 전사 야륵(野勒)은 부상당한 동료를 치료해 주고는 주약란의 거처로 들어섰다.

"부… 불편하시더라도… 잠시만 참아주십시오, 군주마마."

발음이 다소 어색했지만 묘족치고는 꽤나 유창한 한어였다.

주약란은 맑은 눈빛으로 야륵을 주시했다.

"묘족 출신인가요?"

"그렇습니다, 마마… 저는 밀은동의 동주인… 야륵입니다."

"야륵 동주, 내 아버님께서는 일전에 묘족들의 반란에도 하해와 같은 자비를 베푸셨어요. 한데 무엇 때문에 나를 납치하는 중죄를 짓는 겁니까?"

"마마, 올돌목이 남양왕 전하의 성은을 입고 무… 무사히 귀환한 것은 사실입니다. 하지만 올돌목은… 이미 살해되었습니다. 도… 동주들의 회합에서 항복을 강하게 주장하다… 강경파 동주들 손에 죽었지요."

주약란은 아미를 가볍게 찌푸렸다.

"아깝군요. 올돌목 총동주는 묘족 중에서 뛰어난 영웅이라 들었는데……."

"도… 동족을 팔아먹으려 했으니… 영웅은 아닙니다."

"이제 나를 어쩔 셈이죠?"

"마흘공(摩屹共) 신임 총동주가… 남양왕 전하와… 담판을 지을 겁니다. 묘… 묘족 이십사 동을 중원에 귀속시키지 않겠다는 남양왕 전하의 야… 약조를 받아낸 후 군주마마를 돌려보내겠습니다.”

주약란은 나직이 한숨을 쉬었다.

“잘못 판단했군요. 내 아버님은 그런 굴욕적인 협상에는 절대 응하지 않습니다. 차라리 나를 돌려보내 주면 아버님께 묘족들과의 원만한 공존을 말씀드리겠어요.”

“군주마마는… 남양왕부의 소중한 존재이십니다. 남양왕 전하는 저… 절대 군주마마를 포기하지 않을 겁니다.”

“나보다는 왕부의 명예와 권위가 우선입니다. 당신들은 결코 하나도 얻지 못할 거예요.”

“협상이 실패하면… 마마와 우리는 함께 죽을 수밖에 없습니다.”

야륵은 간단히 예를 표하고는 거처에서 나갔다.

주약란은 자신의 안위보다 자신 때문에 몸 달아할 모친이 더 걱정되었다.

“아, 어머님께서 이 소식을 듣게 되면 충격으로 몸져누우실 텐데…….”

물론 그녀도 생명의 소중함을 알기에 죽고 싶은 마음은 추호도 없었다.

그러나 자신 때문에 남양왕이 굴욕적인 협상에 응하는 것을 결코 원치 않았다. 이는 왕부와 황실에 대한 치욕이기에 차라리 죽음으로 명예를 지키겠다는 의지가 더 강했다.

주약란은 염주를 감싸 쥐고는 간절하게 기원했다.

"대자대비하신 부처님, 제발 이번 사태가 원만하게 해결되도록 가호를 내려주십시오."

주약란이 남긴 단서 덕분에 추적 속도가 빨라졌다.

무성한 대나무 숲 근처에 이른 무불악은 몸을 숨긴 채 최고조의 감각을 발휘했다.

대나무 숲 전체를 세심하게 살핀 그는 은신의 기운이 느껴지는 두 곳을 찾아냈다. 광명구양신공을 수련한 이후 그의 안력과 감각은 높은 경지에 이르러 미세한 기운도 감지할 수 있을 정도가 되었다.

'두 놈이 숨어 있군.'

무불악은 은신술을 펼쳐 대나무 숲으로 뛰어들었다.

담을 넘어가는 구렁이처럼 은밀한 움직임이기에 주변을 감시하고 있는 두 묘족 전사는 그의 접근을 전혀 눈치 채지 못했다.

묘족 전사 한 명은 영문도 모른 채 사혈이 찍혀 죽었고 다른 한 명은 목뼈가 으스러져 즉사했다.

무불악은 이끼와 돌로 위장돼 있는 동굴 입구를 어렵지 않게 찾아낼 수 있었다. 일단 은신처를 알아냈지만 침투에는 다소 고민해야 했다.

상대가 몇 명인지도 모르는 상황에서 무작정 뛰어들 수도 없었다. 묘족들은 전혀 두려워할 대상이 아니지만 저들이 악에 받쳐 주약란을 죽일 수 있음을 염두에 두어야 했다.

'이를 어쩐다? 놈들이 기어나올 때까지 기다려……?'

깊이 숙고한 무불악은 주약란의 안위를 배려해 기다리기로 결정을 내렸다.

그는 묘족 전사의 시체를 치우고는 동굴 입구와 멀지 않은 곳에서 잠복에 들어갔다. 그의 방식이 아니었지만 지금으로서는 달리 방법이 없었다.

'제길, 아무런 대가도 바라지 않고 남을 돕는 건 역시 할 짓이 못 돼.'

부우부우……!

부엉이 울음소리가 고즈넉하게 울려 퍼진다. 밤새 울음소리 외에는 적요한 산중에 달빛만 말없이 부서져 내린다.

이때 미약하나마 돌이 부딪치는 소리가 들려왔다.

오랜 잠복에 다소 지쳐 있던 무불악은 눈을 번쩍 뜨며 동굴 입구로 시선을 고정시켰다.

동굴 입구는 달빛이 스며들지 않아 어두웠지만 무언가 어른거리는 모습이 눈에 들어왔다. 보고를 올려야 할 외부 감시자들이 전혀 소식이 없자 동굴 내부에 숨어 있던 묘족 전사들이 나선 것 같았다.

동굴을 나선 묘족 전사 두 명은 잔뜩 경계하는 눈빛으로 주변을 살피며 대나무 숲을 나섰다.

뭐가 호출를 하는 것 같은데 묘족어라 무불악은 전혀 알아들 수가 없었다.

잠복해 있는 무불악과 멀지 않은 거리.

무불악은 조용히 손가락을 튕겼다. 두 줄기 지강이 섬전처럼 뻗어나가며 두 묘족 전사의 미간을 관통했다. 두 전사는 신음 소리조차 내뱉지 못하고 쓰러졌다.

'새끼들, 이제 무슨 일이 일어나고 있는지 궁금해서라도 죄다 기어나오겠군.'

무불악은 간장검을 가볍게 쥐었다. 이제부터는 동굴을 나서는 묘족 전사들을 족족 베어버릴 생각이었다.

약간의 시간이 흘렀다.

한 명의 묘족 전사가 환도로 몸을 보호하며 동굴을 나섰다. 밀은동의 동주 야륵이었다.

잠복에서 나선 무불악이 다짜고짜 살인비기를 발출했다.

번—쩍!

야륵은 명색이 동주의 신분이기에 비교적 뛰어난 무공의 소유자였다. 하지만 무불악이 전개한 살인비기는 혈영자의 양대 살인비기 중 하나인 전광삼분참이기에 절정 급 고수라도 감당하기가 쉽지 않았다.

야륵은 급히 환도를 들어 막았지만 예리한 간장검은 환도를 간단히 동강냈다.

퍼—퍽!

야륵은 목과 허리가 동시에 잘리고 말았다.

무불악은 야륵이 전광삼분참을 일부나마 막아냈다는 사실을 높이 평가했다.

"새끼, 형편없는 버러지는 아니었군. 하기는 그만한 실력이 있었으니 군병들의 경호를 뚫고 주약란을 납치할 수 있었겠지."

무불악은 동굴 입구로 시선을 고정시켰지만 더 이상 나서는 묘족 전사가 없었다. 살기조차 느껴지지 않는 것으로 미루어 매복은 없는 것으로 생각되었다.

"이놈들이 전부인가?"

무불악은 광명구양신공을 운기해 몸을 보호하면서 동굴로 들어섰다.

몸을 굽혀야 들어갈 수 있는 동굴은 세 갈래로 갈라졌다.

첫 번째 방에는 붕대로 몸을 감싼 묘족 전사가 누워 있었다. 군병들과 싸우다가 부상을 당한 것으로 짐작되었다.

깜짝 놀란 묘족 전사가 괴성을 외치며 병기를 쥐었다.

무불악은 묘족 전사의 턱을 걷어찼다.

"그냥 자빠져 있어, 인마!"

묘족 전사는 고개가 뒤로 꺾여 절명했다.

두 번째 방은 비어 있었고 세 번째 방으로 들어서자 희미한 유등 아래 단정히 앉아 있는 주약란의 모습이 눈에 들어왔다.

무불악은 주약란의 안전을 확인하자 간장검을 회수했다.

"약란, 생각보다 멀쩡한데?"

자신의 이름이 거명되자 깜짝 놀란 주약란이 시선을 올려 무불악을 바라보았다.

주약란 앞으로 다가선 무불악이 장난스레 예를 올렸다.

"가시죠, 군주마마."

"아……!"

비로소 무불악을 알아본 주약란은 하얗게 질려 파르르 떨었다.

"다, 당신은……?"

"뭐야, 벌써 내 이름을 잊은 거냐?"

"무불악 공자……."

"그래. 나 무불악이다. 너를 구하려고 내가 조금 수고를 했다. 감격스럽지?"

"……?"

주약란은 혼란스런 눈빛으로 무불악을 직시했다.

동정호에서 보여준 무불악의 무례하고 불손한 행태를 감안하면 묘족 전사들보다 더 위험할 수 있었다. 그러한 그였기에 자신을 구하러 왔다는 말이 도무지 믿기지가 않았다.

"소녀의 신분을 알고 있었습니까?"

"당시는 몰랐지. 간장검 때문에 나중에 알게 된 거다."

"한데도… 여전히 무례하군요."

"당연하지. 네가 군주이든 공주이든 무슨 상관이냐?"

무불악은 주약란의 손을 쥐고 일으켜 세웠다.

"내가 마음만 먹으러 당장이라도 널 취할 수 있는데."

"예예……?"

주약란은 손을 빼려 했지만 마치 갈고리에 채인 것처럼 무
불악의 손에서 자신의 손을 빼낼 수가 없었다.

"무엄하군요. 이, 이거 놓으세요."

"계집애, 목숨을 구해준 은인인데 손 한 번 허락한 게 그렇
게 고깝냐?"

"묘족 전사들은… 어떻게 된 겁니까?"

"어찌 되기는? 모두 뒈졌지."

무불악은 몸을 낮추며 등을 들이댔다.

"업혀. 남양왕부까지 데려다 줄 테니까."

주약란은 정색하며 한 걸음 뒤로 물러섰다.

"괜찮습니다. 걸어서… 가겠어요."

"지금은 캄캄한 야밤이다. 무공도 전혀 모르는데 걸음이나
제대로 뗄 수 있을 것 같아?"

"그럼 새벽까지 기다렸다가 떠나겠습니다."

"제길, 고상도 하셔라. 존귀하신 몸이라 나 같은 평민 사내
등에 업히기는 싫다 이거냐?"

무불악이 마주 서며 툴툴거리자 주약란은 공손히 예를 올

렸다.

"신분의 문제가 아닙니다. 남녀가 유별한데 어떻게 외간 사내에게 업힐 수 있겠어요?"

"알았어. 신분의 문제가 아니라니 억지로 업고 가지는 않겠다."

무불악은 벽에 기대앉았다.

"그럼 잠시 눈 좀 붙이자. 날이 밝으려면 두 시진은 더 있어야 하니까."

주약란은 최대한 멀리 떨어져 앉았다.

넓은 공간이 아니다 보니 사내와 단둘이 있는 것만으로도 잔뜩 긴장이 되었다.

무불악의 태도로 미루어 자신을 강제로 범하려는 의도는 없다고 확신할 수 있지만 그것 때문에 불안하고 초조한 것이 아니었다.

그녀가 겪은 무불악이란 사람은 절대 의롭지 않은 악인이었다. 그런 사람이 자신을 구하러 왔다는 것이 의혹이었고, 이렇듯 쉽게 자신을 찾아낸 것 또한 의심할 여지가 있었다.

그렇다고 대놓고 물어볼 수도 없었다.

그녀는 가급적 무불악과는 말을 주고받고 싶지 않았다. 자신의 신분을 알면서도 거침없이 내뱉는 그의 한마디 한마디는 그녀에게 있어 칼날과 같은 독설이었기 때문이다.

드르릉… 쿨……!

기댄 상태로도 이내 잠들어 버린 무불악의 코 고는 소리가 평온하게만 들린다.

주약란은 두 팔로 무릎을 감싸 안은 채 물끄러미 무불악을 바라보았다. 사내의 잠자는 모습을 보기도 이번이 처음이었다.

왕부 내에서는 그녀가 잠들 때까지 누구도 먼저 잠들어서는 안 되었고, 그녀가 깨어났을 때 누구도 잠들어 있어서는 안 되기에 사내의 자는 모습을 본 적이 없었다.

무불악의 외모가 결코 흉하지 않기에 자는 모습만 보면 악인으로는 생각되지 않았다.

주약란은 무불악에 대한 인식을 달리하게 되었다.

'아주 나쁜 사람은 아닌 것 같아. 동정호에서 만났을 때는 배가 부서지고 병기를 잃어버려 무척 화가 났을 거야. 난생처음 접한 사나운 모습에 내가 너무 충격을 받은 거지. 사실 그것이 강호인의 일반적인 모습인지도 몰라.'

무불악에 대한 반감이 스러지고 다소 호감을 품게 되자 긴장이 풀리면서 피로가 엄습해 왔다. 군주의 신분이기에 애써 의연한 모습을 보였지만 사실 묘족에 의해 납치를 당한 정신적 충격은 상당했던 것이다.

그렇다 해도 사내와 단둘만 있는 공간에서 잠들 수는 없기에 그녀는 입술을 깨물어 잠을 쫓아냈다.

깜빡 잠이 들었나 보다. 본능적으로 누군가의 눈길을 의식한 주약란이 잠에서 깨어나 고개를 들었다.

깊이를 알 수 없는 유현한 눈빛이 보였다.

언제 잠에서 깼는지 무불악이 물끄러미 주약란을 바라보고 있었다.

주약란은 부끄러운 심정에 얼굴을 붉혔다.

“제… 제가 잠들었나 봐요.”

“사람은 누구나 잠을 자야 돼. 황족도 사람이니 당연히 잠을 자야겠지. 한데 네 잠든 모습이 조금은 슬프구나.”

“예에……?”

“쉽게 말해 사내를 끌어당기는 매력이 없다는 얘기이지. 사실 잠든 계집의 모습만큼 사내의 욕정을 자극하는 것도 드문데 너한테는 그런 욕정이 전혀 느껴지지 않아.”

매력없는 여인.

그것은 여인에게 있어 가장 처절한 치욕일 수 있었다. 향기 없는 꽃은 조화와 다름없으니 생명을 상실한 것과 진배없다.

하지만 주약란은 무불악의 그런 지적을 오히려 다행으로 생각했다.

만일 그녀가 강한 색기를 지녔다면 무불악을 자극했을 것이고 강제로 능욕을 당했을 테니 짙은 매력이 오히려 화근이 되었을 것이다.

젊은 남녀가 한 공간에서 하룻밤을 무사히 보냈다는 것은 주약란에게 있어 정말 축복이었다.

　주약란은 옷깃을 여미고는 몸을 일으켰다.

　"이제 날이 밝았을 거예요."

　산중이라 새벽 공기가 쌀쌀했다.

　주약란은 한 겹 나삼만 걸치고 있어 옷 속으로 파고드는 한기에 가볍게 몸을 떨었다.

　무불악은 그녀를 힐끗 보며 물었다.

　"추워?"

　"아닙니다."

　"그냥 업혀라. 네 걸음으로 산을 내려가려면 한참 걸리겠다."

　"내려갈 수 있습니다."

　"계집애, 안 잡아먹는다고 했는데도 되게 몸을 사리는군."

　무불악은 바람막이라도 벗어 주약란에게 걸쳐 줄 수 있었지만 그런 배려는 조금도 베풀지 않았다. 남을 배려하면서 살아보지 않았기에 사소한 도움조차 주는 것을 몰랐던 것이다.

　주약란은 조금이라도 가파른 길은 내려갈 엄두를 내지 못했기에 가까운 거리도 한참을 돌아가야 했다. 반면 무불악은 훌쩍 뛰어내려 미리 도착한 후 무료하게 그녀를 기다렸다.

　다소 짜증이 난 무불악이 퉁명스레 내뱉었다.

　"주약란, 계속 굼벵이같이 굴 거냐? 고집 부리지 말고 어서

업혀!"

주약란은 단호한 어조로 응수했다.

"소녀는 군주의 신분입니다. 교자나 마차라면 모를까 사내의 등에 업힐 수는 없습니다."

"어라, 슬슬 목에 힘 들어가네? 너, 산중에 그냥 혼자 남겨지고 싶어?"

"무 공자, 소녀를 왕부로 데려가면 엄청난 재물은 물론이고 높은 명예를 얻게 되실 겁니다. 평생에 다시없을 기회를 저버리지 마십시오."

"큭, 정말 순진하군. 세상 모든 사람들이 재물과 명예를 탐하는 줄 알아? 난 마음만 먹으면 재물 따위는 얼마든지 취할 수 있다. 그리고 명예 따위는 줘도 안 갖는다."

주약란이 의아한 눈빛으로 무불악을 보았다.

"하오면… 왜 소녀를 구한 겁니까?"

"너는 황 노인이라는 돌팔이한테 감사해야 돼. 내가 그 영감한테 신세를 졌는데 아무런 대가를 받지 않더군. 대신 내가 누군가를 아무런 대가 없이 도와주는 것으로 신세를 갚으라고 했다."

"아, 세상에 그런 성자가 다 계셨군요."

"한데 정말 재수 좋게도 네가 그 대상이 된 거다. 원릉성에서 술을 마시고 있는데 네가 납치됐다고 하더군. 평소였다면 네가 죽든 말든 신경 쓰지도 않았겠지만 갑자기 황 영감 생각이 나더라고. 그래서 너를 구하게 된 거다."

이때 앞서 걸음을 옮기던 무불악이 홱 돌아서며 주약란을 끌어안았다.

놀란 주약란이 잔뜩 목을 움츠렸다.

"공자……?"

"입 다물어!"

무불악은 주약란을 품에 안고는 순간적으로 이동해 나무 뒤로 숨었다.

"누구인지 몰라도 굉장한 고수가 접근하고 있다."

"그것을… 어떻게 아십니까?"

"나도 예전에는 전혀 감지하지 못했는데 요즘은 기의 파동으로 감지할 수 있게 됐다."

무불악은 기의 흐름을 헤아리고는 경계심을 풀었다.

"사악한 기운은 아니로군."

오래지 않아 원릉산 위로 날아드는 섬세한 인영이 눈에 들어왔다. 섬세한 인영은 육지비행술을 전개해 마치 선인처럼 원릉산 일대를 선회했다.

주약란은 섬세한 인영을 올려보며 탄성을 토했다.

"아, 사람이 어떻게 저렇듯 새처럼 날아다닐 수 있지요?"

"최고 수준에 이르면 가능해."

무불악은 주약란을 대동해 나무 뒤에서 나섰다.

"나 여기 있다, 운지!"

심후한 공력이 깃든 음성이 원릉산 일대에 메아리쳐 울려 퍼졌다.

육지비행술을 전개하고 있던 여인은 다름 아닌 천기무화 한운지였다. 그녀는 능선 중턱에 있는 무불악을 발견하고는 쏜살같이 날아들었다.

"무 공자, 어떻게 여기를……?"

"그렇지 않아도 널 만나고 싶었는데 잘됐다. 우리가 말이야 영적인 교감이 있는 것 같아. 하하."

무불악은 왠지 반가운 심정에 실없는 웃음까지 터뜨렸다.

한운지는 무불악 뒤에 서 있는 여인을 보고는 눈을 동그랗게 떴다.

"혹시… 남양왕부의 군주님이십니까?"

"그래요, 내가 화운군주예요."

"아, 무사하셨군요."

한운지는 한쪽 무릎을 꿇으며 공손히 예를 올렸다.

"소녀 한운지가 군주님을 뵈옵니다."

무불악이 대신 소개해 주었다.

"운지의 별호가 천기무화야. 전대 최고의 기인인 천등성현의 의발전인이지. 무림계에서 공주와 같은 신분이니 너보다 못하지는 않을 거다."

주약란은 한운지를 부축해 일으켰다.

"어서 일어나세요, 한 여협. 무 공자와는 친분이 두터운 것

같군요. 두 분 덕분에 내가 무사히 왕부로 귀환할 수 있게 됐
어요."

"안심하십시오, 군주님. 무 공자가 곁에 있는 한 누구도 군
주님을 해치지 못할 겁니다."

한운지는 자신의 바람막이를 벗어 나무등걸 위에 깔았다.

"군주님, 다소 피곤해 보이십니다. 잠시 쉬십시오."

주약란은 힘겨운 산행을 했던 터라 사실 무척 고단한 상태
였다.

"고마워요."

주약란이 좌정하자 한운지는 호리병을 풀어 건넸다.

"아직 식지 않았군요. 한 모금 드시면 추위를 덜 수 있을
겁니다."

"아, 고마워요. 생각이 깊은 분이군요."

주약란은 다정한 눈빛을 띠고는 차를 한 모금 마셨다. 아직
따뜻함이 느껴졌다. 어제부터 물 한 모금 마시지 못한 주약란
에게 따뜻한 차는 감로수보다 달콤하고 향긋했다.

한운지는 무불악의 소매를 쥐고 한쪽으로 이끌었다. 무불
악을 응시하는 한운지의 눈빛이 여느 때와 달랐다.

"무 공자, 어떻게 이렇듯 놀라운 공을 세우신 겁니까? 화운
군주의 납치로 세상이 발칵 뒤집혔는데 공자가 군주를 구출
할 줄은 꿈에도 생각지 못했습니다. 대체 어찌 된 일입니까?"

"거 얘기가 되게 긴데……."

"알았어요. 나중에 들을게요."

한운지는 바싹 다가서며 목소리를 낮추었다.

"한데 어쩌자고 고귀한 군주를 아랫사람처럼 대하는 겁니까? 이는 황실에 대한 불경이며 공자의 놀라운 공적이 무시될 중대한 죄입니다."

"그래서 어쩌라고? 날보고 저 어린 계집 앞에 무릎이라도 꿇으라는 거냐?"

"목소리 낮추세요. 소녀한테는 어떻게 대해도 상관없지만 군주에게는 정중히 예의를 갖추셔야 합니다. 그것이 세상의 도리입니다."

무불악은 차가운 웃음을 흘렸다.

"큭, 세상의 도리가 뭔지 알아? 내 눈에는 쟤보다 네가 훨씬 고귀하고 기품있어. 쟤가 군주의 신분만 아니었어봐 누가 눈길이나 주겠어?"

"공자, 제발 부탁드릴게요. 고귀한 군주를 그렇게 대할 수는 없습니다."

"됐어. 사람은 누구나 자신의 방식대로 사는 거다."

무불악은 길게 기지개를 켰다.

"하암, 주약란을 어서 왕부에 데려다 주고 우리는 술이나 한잔하자. 얘기할 게 조금 많다."

"그러죠."

한운지는 주약란에게 다가서며 빠르게 생각을 굴렸다. 총명한 여인답게 그녀는 오래지 않아 모두를 위한 최선의 방법을 찾아냈다.

한운지는 주약란과 잠시 귀엣말을 나누었다. 주약란도 충분히 수긍한 듯 고개를 끄덕였다.

"알았어요. 한 여협의 의견에 따르겠어요."

"그럼 무례를 범하겠습니다, 군주님."

한운지는 주약란을 등에 업고 바람막이로 단단히 감쌌다.

무불악이 이를 보며 툴툴거렸다.

"뭐야? 내가 업히라고 할 때는 한사코 거부하더니?"

둘만 있다가 한운지를 만나서였는지 주약란은 한결 쾌활한 어조로 대꾸했다.

"한 여협은 같은 여인이니 남녀가 유별하지 않습니다."

한운지는 벼랑 밖으로 훌쩍 몸을 날렸다.

"어서 가요."

2

사건 발생 다음날.

화운군주가 납치당했다는 급보에 남양왕부는 충격에 휩싸였다.

누구보다 화운군주를 총애하는 성혜왕후는 실성한 듯 외치다가 혼절했고, 좀처럼 감정을 드러내지 않는 남양왕 역시 비분함에 젖어 한동안 입을 열지 못했다.

사고가 발생한 원릉에서 형남의 남양왕부까지는 천 리가 넘는 먼 길이기에 남양왕에게 보고되기까지는 하루 반나절이 걸린다.

남양왕은 직접 원릉까지 달려가고 싶었지만 군왕이 출동할 경우 그 행렬이 엄청나기에 원릉까지는 아무리 빨라도 사흘이나 걸린다.

남양왕은 호남성 전역에 비상사태를 선포하고 묘강과의 국경을 엄중 통제할 것을 명했다.

최우선적인 지시를 명한 이후 남양왕은 긴급회의를 주재했다.

남양왕부의 병권을 통솔하는 정남장군이 분연히 외쳤다.

"전하, 그동안 묘강을 지배해 온 총동주 올돌목이 강경파 동주들에 의해 살해됐다는 정보로 미루어 이번 사건은 묘강의 강경파 오랑캐의 소행이 분명합니다! 당장 전군을 이끌고 묘강으로 달려가겠습니다. 출전 명령을 내려주십시오!"

그러자 남양왕부의 문상인 제갈정이 반박했다.

"장군, 지금 중요한 것은 군주님의 무사 귀환이오. 군대를 동원하는 것만이 능사는 아니오. 묘강은 언제라도 정벌할 수 있소."

정남장군은 뜻을 굽히지 않았다.

"문상, 왕부의 친위대가 출동해야 묘강의 오랑캐들이 두려움을 느껴 군주님을 돌려보낼 것이네. 만일 놈들이 군주님의 안위를 위협하며 협상을 요구해 온다면 아주 곤란해지네.”

무장들 대부분은 정남장군의 의견에 동조해 출전을 외쳤다. 반면 문관들은 화운군주의 안위를 우려해 묘강을 자극하는 행동을 자제해야 한다는 주장을 내놓았다.

묵묵히 듣고 있던 남양왕이 옥좌의 팔걸이를 치며 입을 열었다.

“경들은 들어라! 군주의 무사 귀환이 절대적이지만 황실의 권위 또한 훼손할 수 없다. 협상과 출동을 병행할 것이다. 군주에게 불상사가 생겨도 묘강을 정벌할 것이고 무사히 귀환해도 정벌을 진행할 것이다. 정남장군은 출전을 준비하고 문상은 어떻게든 그들과 접선해 군주의 무사 귀환을 추진하라.”

명을 내린 남양왕은 곧바로 회의장을 나갔다.

회의장을 나선 남양왕은 수행원들을 대동하고 성혜전으로 향했다.

성혜왕후는 침상에서 남양왕을 맞이했다.

“왕야, 약란을… 우리 약란이를 반드시 구해야 합니다. 흑흑, 그 어린것이 짐승 같은 오랑캐들에게 납치됐으니 얼마나 두렵겠습니까? 몹쓸 짓을 당한 것은 아닌지…… 흑흑!”

“안심하시오, 부인. 오랑캐들도 감히 군주를 해치지는 못할 것이오.”

"놈들로부터 어떤 제의가 왔습니까?"

"아직은 없었소. 원릉까지 워낙 먼 길이다 보니 놈들이 정보를 입수한 후 협상을 제시하려면 다소 시간이 걸릴 것이오."

성혜왕후는 남양왕의 손을 꼭 잡았다.

"무조건 구해야 합니다. 묘강 오랑캐들과 영구적인 강화를 맺어서라도 군주를 귀환시켜야 합니다. 소첩이 폐하께 주청을 올려서라도 강화 조건을 수용할 것입니다."

"부인, 군주 때문에 황실의 존엄한 권위를 훼손시킬 수는 없소. 물론 군주를 구하는 것이 무엇보다 중요하지만……."

"무슨 말씀을 하시는 겁니까?"

성혜왕후의 눈매가 샐쭉해졌다.

"군주를 구해오세요! 만일 군주가 돌아오지 못하면… 당신과도 끝장입니다."

도를 넘어선 강경한 발언에 남양왕은 일순 당혹의 빛을 띠었지만 부드럽게 응수했다.

"안심하시오, 부인. 내 목숨을 걸고 군주를 무사히 구해올 것이오."

남양왕은 거듭 성혜왕후를 안심시키고는 성혜전을 나섰다.

정원을 가로지르는 남양왕의 두 눈에 섬뜩한 살기가 피어올랐다.

'추악한 계집, 감히 나와 끝장을 보겠다고? 네가 명줄을 재
촉하는구나!'

남양왕이 성혜전을 나서자 친위무장이 보고를 올렸다.

"전하, 묘강의 총동주 마흘공이 자신의 안위를 보장한다면
국경을 넘어와 전하를 알현하겠다는 전갈을 보내왔습니다."

"군주의 목숨을 놓고 협상을 하겠다는 거로군."

남양왕은 자신의 처소로 향했다.

"안위를 보장하겠다는 문서를 작성해 보내라. 그리고 천금
을 걸어서라도 군주의 행방을 수소문해라. 군주를 구출하기
위해서는 군병들보다 강호인들을 투입하는 게 보다 효과적일
것이다."

그날 밤.

무불악 일행은 형남에 당도했다.

관도 곳곳에 군병들이 검문을 펼치고 있었지만 무불악과
한운지는 상승절기인 비행술을 전개해 날아왔기에 전혀 제지
를 받지 않았다.

사실 군병들에게 화운군주를 넘기면 되는 일이었지만 화
운군주는 다시 납치될 것을 우려해 두 사람이 왕부까지 직접
호위해 줄 것을 요청했다.

무불악은 전혀 응할 의도가 없었지만 한운지가 이를 수용
했기에 함께 형남까지 동행할 수밖에 없었다.

멀리 남양왕부의 불빛이 보이자 한운지가 신형을 멈춰 세웠다.

"무 공자는 잠시 숙소에서 기다리세요. 군주님은 소녀가 모시고 왕부로 가겠습니다."

"뭐야, 고생은 내가 했는데 너 혼자 공치사를 받겠다는 거냐?"

"공자는 명예 따위를 우습게 생각하지만 소녀에게는 아주 소중합니다. 이번 기회는 소녀가 천하의 영웅이 될 기회인데 어찌 마다하겠어요?"

"큭, 너도 이제 보니 속물이구나?"

무불악은 한운지의 그런 면모가 오히려 반가웠다. 사실 전형적인 백도의 여협인 한운지를 상대하기가 다소 껄끄러웠는데 상대의 저속한 일면을 알게 되자 친밀감이 느껴졌다.

"그래, 내 존재는 절대 거론하지 마라. 너 혼자 군주를 구출하고 왕부까지 데려온 것으로 고하면 큰 상을 받게 될 것이다. 나한테는 술이나 한잔 사면 돼."

주약란에게 시선을 돌린 무불악이 눈을 찡긋해 보였다.

"잘 가라, 군주. 다시는 납치되지 마라. 나처럼 구해줄 사람도 흔치 않으니까."

주약란은 바람막이를 풀고 한운지의 등에서 내려섰다. 그녀는 두 손을 모아 공손하게 예를 표했다.

"고마워요, 공자."

무불악은 피식 실소를 흘렸다.

"웬일이냐? 생전 사과한 적이 없다는 네가 먼저 고개를 다 숙이고 말이야."

"사과는 할 수 없지만 사례는 할 수 있습니다."

"하하, 군주도 별수 없군."

무불악은 마을 쪽으로 몸을 날렸다.

"운지, 목욕 재계하고 기다릴 테니 속히 와라."

주약란은 어둠 속으로 사라지는 무불악을 주시하다가 넌지시 물었다.

"한 여협은 무 공자와… 절친한 사이인가요?"

"친분은 있지만 특별한 관계는 아닙니다."

"무 공자는 어떤 사람이죠?"

"선악과 흑백을 구분하기가 쉽지 않습니다. 하지만 절대악은 아닙니다. 오히려 영웅의 기상을 지닌 사람이지요."

"그래요. 분명 무례하고 불손하며 위험스럽지만… 영웅의 풍도를 지녔어요."

주약란은 멀리 남양왕부의 불빛을 바라보며 감회 어린 눈빛을 띠었다.

"이렇게 무사히 왕부로 귀환하게 될 줄은 몰랐어요."

"가시지요, 군주님."

"한 여협, 정말 명성을 탐해 무 공자의 공을 가로챌 생각은 아니지요?"

한운지는 잔잔한 미소를 머금었다.

"물론입니다. 무 공자의 무례와 불손함은 상대를 가리지 않습니다. 예법을 중시하는 왕부이기에 자칫 무 공자가 해를 입을까 싶어 제지한 것입니다."

주약란은 한운지의 슬기와 배려에 깊이 감탄했다.

"정말 현명하시군요. 아마도 무 공자를 영웅으로 이끌 사람은 한 여협뿐일 겁니다."

"당치 않습니다."

한운지는 무불악이 사라진 어둠 쪽으로 시선을 돌렸다.

"소녀는 그 사람이 악인이 되지 않도록 만류하기도 벅찹니다. 그저 악중협이 되기만을 기원할 따름입니다."

第二十四章

영혼을 걸고 죽여야 할 원수

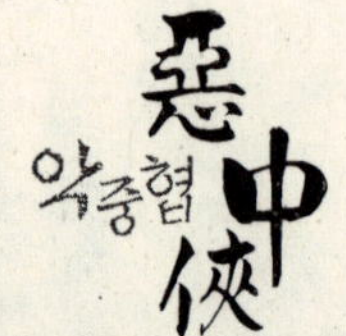
惡中俠
악중협

1

화운군주의 귀환!

야심한 시각까지 잠을 이루지 못한 채 파발들의 보고를 직접 받던 남양왕은 믿을 수 없는 회소식에 군왕의 지체도 잊고 정문으로 달려갔다.

주약란은 군병들과 여인 호위들의 경호를 받으며 왕부로 들어서고 있었다.

"군주! 네가 돌아왔구나!"

남양왕이 환한 표정으로 다가서자 주약란은 무릎을 꿇고 죄를 청했다.

"송구하옵니다, 아버님. 공연히 심려를 끼쳐 드렸습니다."

"당치 않아, 어서 일어나거라."

남양왕은 손수 주약란을 일으켜 세우고는 지시를 내렸다.

"성혜전으로 갈 것이다. 왕부의 모든 등을 밝혀 군주의 귀환을 환영해라."

"예, 전하!"

문상 제갈정은 군왕의 지시를 전하고는 앞서 성혜전으로 달려갔다.

남양왕은 비로소 한운지의 존재를 인식했다.

"이 여인은 누구냐?"

한운지가 예를 갖춰 정중히 절을 올리자 주약란이 소개해 주었다.

"소녀를 구출해 주신 두 분의 은인 중 한 분이세요. 방명은 한운지라 하옵니다."

한운지는 부복한 채 고개를 조아렸다.

"존엄하신 전하를 뵈옵니다."

"오, 네가 군주를 구했다니 참으로 가상하도다. 네 공을 잊지 않을 것이다."

남양왕은 한운지의 비범한 용모를 보고 감탄했다.

"놀랍구나! 황족이 아니고서 이렇듯 놀라운 기품을 지닌 여인이 있는 줄 몰랐다. 그래, 네 사문이 어찌 되느냐?"

"소녀는 천등성현의 문하입니다."

"천등성현……?"

남양왕의 눈에 순간적으로 이채가 피어올랐지만 이를 간파한 사람은 아무도 없었다.

"그래, 들어본 적이 있다. 강호에서 위대한 성자로 존경을 받는다 하기에 한 번 만나볼 의향도 있었지. 역시 훌륭한 사문을 둔 제자답구나. 자, 일어나거라. 너도 함께 성혜전으로 가자."

"망극하옵니다, 전하."

몸을 일으킨 한운지가 남양왕과 주약란의 뒤를 따랐다.

성혜왕후는 시비들의 부축을 받으며 성혜전 대문 앞에 서 있었다. 딸을 대한 성혜왕후는 감격의 눈물을 뿌렸다.

"아가! 네가 돌아왔구나."

"어머님!"

두 모녀는 부둥켜안으며 감동적인 해후에 젖었다.

남양왕은 이를 지켜보다가 한운지를 돌아보았다.

"지금은 왕후를 알현할 상황이 못 된다. 너는 잠시 나와 차를 마시자꾸나."

평민으로서 감히 군왕과 마주 앉아 차를 마실 수는 없다. 이는 법도로 금하고 있지만 남양왕은 한운지에게 대좌를 허락했다.

화운군주의 무사 귀환을 축하하기 위함인지 남양왕부 전체에 유등이 환히 밝혀져 있기에 남양왕의 처소인 건명궁도 대낮처럼 밝았다.

연못가 수각에서 차를 마시는 남양왕의 표정도 희색이 가득했다.

"운지, 네가 본좌를 구했구나. 너도 알다시피 군주는 폐하께서도 총애하는 조카딸이다. 만일 군주에게 불상사가 생겼다면 본 왕부는 참담한 곤욕을 치렀을 것이다. 네게 얼마나 고마워해야 할지 모르겠구나."

"망극하옵니다, 전하. 사실 군주님을 구한 영웅은 따로 있습니다. 그는 명예와 재물에는 관심이 없는 사람이라 소녀에게 군주님을 모셔가도록 인계한 것입니다. 사실 소녀는 왕부 밖에서 군주님을 모셔왔을 뿐입니다."

"호오, 세상에 그런 영웅이 있었단 말이냐? 그가 대체 누구냐?"

"이름이 조금 기이합니다만… 무불악이라는 사람입니다."

"무불악?"

일순 남양왕의 표정이 심각하게 굳어졌다.

"그자에 대해서는 본좌도 들은 적이 있다. 일전에 군주가 동정호로 유람을 갔을 때 한 번 대면한 적이 있는 것으로 안다. 당시 군주에게 무례를 저지르고 위협을 가한 악인이 아니더냐? 정녕 놈이 군주를 구했단 말이냐?"

"사실이옵니다, 전하."

"솔직히 믿기지 않는다. 군주의 납치는 묘강의 강경파들이 치밀하게 추진했을 텐데 무불악이 어떻게 군주를 구할 수 있었단 말이냐? 혹시 무불악이란 놈도 묘강의 오랑캐와 연루된 것이 아니더냐?"

남양왕으로서는 충분히 진노하고 의혹을 품을 만한 사안이었다.

자리에서 일어선 한운지가 공손하게 대답했다.

"전하, 동정호에서의 불미스런 사건은 당시 군주님의 신분을 몰랐기에 벌어졌던 사고입니다. 이번에 무 공자가 군주님을 구한 공적은 이전의 과오를 상쇄하기에 충분하다고 사료됩니다. 부디 통촉해 주십시오."

남양왕은 예리한 눈빛으로 한운지를 직시했다.

"무불악이라는 놈에 대해 아뢰거라."

"소녀도 아는 바가 많지 않습니다. 어렸을 적부터 도둑 소굴에서 자라면서 나쁜 것만을 보았기에 지극히 무례하고 위험한 사람이지만, 그래도 곧은 심정을 지녔습니다. 이번에 군주님을 구하게 된 것은 신비로운 의원에게 받은 신세를 갚기 위함이라 하였습니다. 아무런 대가 없는 도움을 베풀어 의원에게 받은 신세를 갚으려 했으니 악인은 절대 아닙니다."

"……."

"군주님께서 무사히 왕부로 귀환하셨으니 소녀는 이만 가 보겠습니다."

한운지는 예법을 갖춰 정중히 배례를 올렸다.

남양왕은 찻잔을 내려놓고 자리에서 일어섰다.

"한운지, 군주를 구한 공을 높이 인정하겠다. 원하는 것을 얘기해 보아라."

"당치 않습니다. 이 나라 백성으로서 군주님을 구하는 것은 당연한 도리입니다."

"군왕은 베풀어야 하지, 받아서는 안 된다. 더구나 너무도 커다란 신세를 졌으니 반드시 사례를 해야 한다. 이는 본좌의 권위와도 직결되는 일이니 사양치 마라. 만일 네게 아무런 하사품도 내리지 않는다면 세상 사람들이 본좌를 은혜도 모르는 야박한 군왕이라고 얼마나 성토하겠느냐?"

남양왕의 결연한 태도에 한운지는 잠시 고민했다.

그녀로서도 남양왕의 입장이 충분히 이해되었다. 화운군주를 구해준 은인에게 아무런 보답을 하지 않았다는 얘기가 거론된다면 남양왕부의 위상은 땅에 떨어지게 된다.

문제는 무엇을 요구하느냐에 있었다.

사소한 것을 요구한다면 남양왕을 무시하는 것이 될 것이고 지나치게 과한 것을 요구하면 탐욕스럽다는 비난을 면치 못하게 될 것이다.

한운지는 한동안 고심하다가 입을 열었다.

"전하께서는 골동품에 관심이 많다고 들었습니다."

"그런 편이다. 본좌의 유장고에는 귀한 골동품들이 제법 있다."

"전하께서는 혹시 와우도라는 그림을 아십니까?"

"와우도라면 남당의 왕 이욱이 송 태종에게 바친 그림을 말하는 것이냐?"

"그렇습니다. 낮에는 소가 풀을 뜯고 있는데 밤이 되면 외양간에서 자는 그림으로 바뀐다고 들었습니다."

"네가 그 연유를 아느냐?"

"바다에서 사는 개똥벌레 일종인 해형에서 추출한 물감을 이용해 이중으로 그렸기에 그런 변화가 생기는 것으로 알고 있습니다."

남양왕은 고개를 끄덕이며 가벼운 웃음을 터뜨렸다.

"하하, 정확히 알고 있다니 과연 천등성현의 제자답구나. 다행히 본좌의 유장고에 와우도가 있는 것으로 알고 있다. 네가 원하는 물건이 와우도냐?"

"그렇습니다, 전하."

"재물이 아니라 그림이라……."

"세상에 드문 보물이라 소녀의 지나친 요구가 아닌지 두렵습니다."

"아니다. 그 어떤 보물도 어찌 군주의 목숨과 비교할 수 있단 말이냐? 다만 네가 강호의 여인으로서 호신갑이나 신병이 아니라 한갓 그림을 원하는 것이 조금은 의아할 뿐이다."

"소녀가 그림에 조금 취미가 있습니다."

남양왕은 쾌히 수용했다.

"알겠다. 기꺼이 와우도를 하사하마. 그리고 떠나기 전에 성혜전을 찾아 왕후에게 인사를 올리고 군주에게도 작별을 고해라. 그것이 도리다."

성혜왕후는 한결 안정된 모습으로 한운지의 절을 받았다.

"오, 참으로 고운 규수로구나. 얼굴의 상처만 없었다면 경국지색으로 불리었을 정도야."

"과찬이십니다, 마마."

"군주에게 얘기 들었다. 네 칭찬이 자자하더구나. 물론 무불악이라는 자가 군주를 구했다지만, 군주가 왕부까지 신속하고 안전하게 당도할 수 있었던 것은 네 덕분이니 나는 네 공을 더 높이 평가하고 싶다."

"망극하옵니다, 마마."

성혜왕후는 곁에 앉아 있는 주약란의 머리를 쓰다듬었다.

"네 무공이 높다 하니 군주의 호위무장이 돼라. 그래야 내가 안심할 수 있겠다."

주약란이 얼른 화제를 돌렸다.

"어머님, 한 여협에게 뭔가 사례하고 싶습니다."

"오냐, 그래야지. 목숨을 구한 은혜를 입었으니 금은보화와 비단을 열 수레 하사해도 부족할 것이다."

"소녀가 준비해 둔 게 있습니다."

　자리에서 일어선 주약란은 탁자 위에 놓인 길쭉한 금갑을 집어 들었다.

　"한 여협, 약소하지만 받아주세요."

　"군주님, 저는 전하로부터 이미 후한 사례를 받았습니다."

　"그것은 아버님께서 하사한 것이고 이 물건은 내가 드리는 선물이에요. 받아주세요."

　황족의 선물을 거절하는 것은 중대한 결례이기에 한운지는 어쩔 수 없이 금갑을 받아야 했다.

　"고맙습니다, 군주님."

　"내 처소로 가요."

　주약란이 눈짓을 보내자 한운지는 성혜왕후에게 절을 올리고 함께 성혜전을 나섰다.

　주약란은 한운지와 함께 왕부의 정문으로 향했다.

　"어머님은 내일 대대적으로 연회를 베풀 생각이세요. 한데 한 여협은 무 공자 때문에라도 급히 가봐야 하니 더는 붙들 수가 없군요. 어서 가보세요."

　한운지는 주약란의 사려 깊은 배려가 고마웠다.

　"군주님, 그럼 이만 가보겠습니다."

　주약란은 따뜻하게 한운지의 손을 쥐었다.

　"훗날 다시 만나게 되면 언니로 부르고 싶어요. 한 여협 같은 언니가 있다면 정말 든든할 거예요. 그리고… 무 공자에게도 안부 전해주세요."

드르릉… 쿨쿨……!

무불악은 침상에 몸을 절반쯤 걸친 채 질펀하게 잠들어 있었다. 바닥으로 술병이 너저분하게 흩어져 있는 것으로 미루어 혼자서 많은 술을 마신 것 같았다.

객방으로 들어선 한운지는 깊이 잠들어 있는 무불악을 보고는 오히려 안심이 되었다.

'다행이군.'

무불악이 깨어 있었다면 대놓고 합방을 요구했을 것이고 이를 거부하면서 실랑이가 벌어졌을 것이기 때문이다.

한운지는 안고 있던 길쭉한 금갑을 탁자에 내려 열어보았다.

한 자루 고색창연한 검.

검집은 단순했고 검의 손잡이 문양도 단조로웠다. 일견해도 세월의 유구함이 느껴지는 고검이었다.

"가만, 이 검은……?"

한운지는 다소 흥분된 모습으로 검을 집어 들었다.

우우웅……!

미세한 진동과 함께 검 울음소리가 들려왔다. 검 울음은 다른 곳에서도 들렸다. 선반 위에 놓인 무불악의 간장검이 검명(劍鳴)을 발한 것이다.

한운지는 천천히 검을 뽑아 들었다.

스르릉!

장검치고는 다소 짧은 석 자 반의 길이.

검날에서 뿜어지는 예기가 아주 날카로웠고 검신의 중앙에 한 줄기 혈선이 새겨진 모양이 독특했다.

"아, 막사!"

그러했다. 주약란이 선물한 검은 바로 전설적인 막사검으로 간장검과 더불어 한 쌍을 이루는 신검이었다.

한운지도 강호의 여인이기에 전설의 신검을 얻게 되자 기쁜 마음을 금할 수 없었다.

"내가 막사검을 얻게 되다니."

그녀는 곤히 잠들어 있는 무불악을 힐끗 보고는 눈가를 살짝 붉혔다.

'간장과 막사를 지닌 남녀는 운명적으로 맺어진다고 했는데……'

검을 꽂은 한운지는 탁자 위에 유등을 밝혀놓고 남양왕이 하사한 와우도를 펼쳐 보았다.

한 마리 소가 한가하게 풀을 뜯고 있는 그림이었다. 잘 그린 그림이지만 그 이상의 특이한 점은 찾아볼 수 없었다.

"전해지는 얘기가 사실이라면 어둠 속에서 그림이 바뀌어야 해."

한운지는 유등을 모두 껐다.

방 안이 이내 칠흑 같은 어둠으로 변했다. 그 속에서 야광으로 빛나는 와우도가 보였다. 잠시 전까지는 풀을 뜯고 있던 소의 그림이었는데 지금은 외양간에서 자고 있는 모습으로 바뀌었다.

그 연유를 모르는 사람에게는 참으로 신기한 현상이 아닐 수 없었다. 그랬기에 송나라 황실에서도 보물로 간직해 왔었던 것이다.

"과연 사실이로군."

한운지는 다시 유등을 밝혔다. 외양간에서 자고 있던 소가 언제 깨어났는지 풀을 뜯는 모습으로 바뀌었다.

"신기자가 남긴 팔선월무도는 이 와우도를 본떠 만든 게 틀림없어. 두 그림을 잘 연구해 보면 분명 해답이 있을 거야."

한운지가 남양왕에게 와우도를 사례로 청한 이유는 일전에 우연히 손에 넣게 된 팔선월무도의 비밀을 풀기 위함이었다.

팔선월무도가 은월영의 깊은 계략에 의해 자신에게 전해진 것을 모르는 상황이라 한운지는 많은 시간을 팔선월무도에 투입했다.

약조를 지켜야 한다는 이유도 있었지만 명색이 천둥성현의 제자로서 전대 기인의 비밀을 해결하겠다는 의지도 강했던 것이다.

한운지는 허리춤에서 팔선월무도를 꺼내 와우도와 함께 탁자 위에 나란히 늘어놓았다. 연후 유등을 껐다 켰다를 반복하면서 두 그림의 변화를 유심히 관찰했다.

겨울밤이 아무리 길어도 새벽은 온다.

밤새 그림을 연구하던 한운지는 날이 밝아오자 피로에 지쳐 탁자에 엎드린 채 잠시 잠이 들었다.

어깨에 와 닿는 부드러운 감촉에 한운지는 움찔 놀라 깨어났다.

한운지의 어깨에 비단 이불을 덮어주려던 무불악이 머쓱한 표정이 되어 입맛을 다셨다.

"쩝, 이거 공연히 곤히 자는 사람만 깨웠군그래?"

한운지는 소매로 얼굴을 가렸다.

"미안해요. 깜짝 잠들었군요."

"뭐가 미안해. 서로 알몸까지 확인한 사이인데 자는 모습 조금 보인 게 뭐 대수인가?"

"무 공자, 왜 그런 저속한 말로 스스로의 품격을 떨어뜨리게 하십니까?"

"품격 좋아하네. 내가 일부러 골라서 말하는 게 아니라 내 입에서 스스로 나오는데 어쩌라고? 내가 어렸을 적부터 그렇게 살아왔다고 했잖아?"

"잘못된 것은 얼마든지 개선될 수 있습니다."

무불악은 비단 이불을 둘둘 말아 침상으로 던졌다.

"네가 내 마누라라도 되는 거냐?"

"친구로서 드리는 충고입니다."

"친구? 하하, 우리가 친구라 이거지?"

"소녀는… 그렇게 생각합니다."

"남녀 사이에 친구라. 뭐, 아주 나쁘지는 않군. 친구 사이에서 연인으로 발전했다가 애 낳고 사는 게 다반사니까."

무불악은 차가운 차로 목을 축이고는 화제를 돌렸다.

"남양왕을 만나본 소감은 어때?"

"소문대로 대단한 군왕이셨습니다. 위엄과 기품이 높았고 자부심도 대단하셨습니다."

"나 같은 놈과는 확실히 구분되나 보지? 가만, 이게 뭐야?"

무불악은 탁자에 놓인 막사검을 집어 들었다.

"이거 내가 지닌 간장검과 비슷하네? 모조품인가?"

"화운군주가 사례로 선물한 검이니 모조품은 절대 아닙니다."

"황실에는 가짜가 없는 줄 알아?"

검을 뽑아본 무불악은 눈을 휘둥그레 떴다.

"어라? 정말 간장검과 똑같은 예기를 지녔네?"

무불악은 자신의 검을 뽑아 비교해 보았다.

우우웅……!

두 자루 검이 맞닿자 은은한 검명이 울려 퍼졌고 두 자루 검의 검극에서 기이한 서광이 뿜어졌다.

이를 본 한운지가 나직한 탄성을 토했다.

"아, 간장과 막사의 해후로군요. 검 울음소리가 가슴에 와 닿습니다."

무불악은 막사검을 꽂아 한운지에게 건넸다.

"좋겠다. 너도 전설의 신검을 지녔으니 이제 오대천마와 싸울 때 한결 도움이 되겠어."

"아닙니다. 막사검은 공자께서 의당 받아야 할 선물입니다. 소녀는……."

"됐어. 난 간장검이 더 좋아. 막사검은 주약란이 네게 준 선물이니 네가 소유해."

무불악은 탁자 위에 놓인 두 장의 그림을 번갈아 보았다.

"한데 밤새 그림을 감상하고 있었던 거냐?"

"연구할 게 있어서요."

한운지는 그림을 말아 잘 챙겼다.

무불악은 한운지에게 바싹 다가섰다.

"아침은 어떻게 먹을까? 방으로 갖다달라고 할까 아니면 나가서……."

"나가서 먹어요."

"계집애, 혹시 잡아먹힐까 봐 되게 몸 사리는군."

아직 이른 시각이라 반점은 한가한 편이었다. 두 사람은 채소를 끓인 탕과 찐빵을 주문했다.

무불악은 찐빵을 뜯어먹으며 짜증스럽게 내뱉었다.

"젠장, 완전 헛다리 짚었어. 천풍무국의 국주가 혹시 옥면잔사가 아닐까 의심했는데 계집이라지 뭐냐? 아무래도 검마를 찾아가 확인해 보아야 할 것 같다."

한운지가 눈을 반짝이며 물었다.

"그런 정보를 어떻게 입수한 거예요? 자세히 좀 얘기해 주세요."

"얼마 전 천풍무국을 탐색할 요량으로 전사 선발을 지원했어. 도중에 악붕투권이란 놈을 만났는데 명색이 무적궁의 소궁주라는 놈이 정말 얼빵하더군. 귀찮아서 놈의 정체를 불어버리고 외성으로 향했는데……."

무불악은 두 마왕과의 격돌, 회색 자객과의 대결, 그리고 신묘한 의술을 지닌 황 노인과의 만남 등을 상세하게 얘기해 주었다.

한운지는 신중하게 얘기를 듣고는 나직이 한숨을 토했다.

"무 공자와 만날 때마다 매번 중대한 소식을 듣게 되는군요. 회색 자객이 누구인지 몰라도 백을천의 검에 관통됐다면 회생은 불가능합니다. 정말 다행이에요."

"그래, 놈의 정체를 전혀 모른다는 것이 조금 아쉽지만 뒈졌다면 그나마 다행이지."

“그나저나 세 명의 마왕이 천풍무국의 봉공으로 있다니 두렵군요. 천풍무국이 삼대마왕을 앞세워 무림 정벌에 나선다면 일성쌍궁조차 무너지고 말 겁니다.”

무불악은 천하 판도에는 무신경했기에 향후 정세에 대해서는 별반 관심이 없었다.

“천향무후라는 계집이 대체 누구이지? 정말 그 계집이 천풍무국이라는 거대한 집단을 결성한 것일까?”

“일설에는 황금문에서 자금을 댔다는 얘기도 있는데 확실치 않습니다.”

“그래, 그럼 내가 황금문 총단을 찾아가서 한번 조져 볼까? 그러면 확실하게 알 수 있는데.”

“황금문을 만만히 보지 마십시오. 황금문이 일성쌍궁에 버금갈 전력을 지녔다는 게 세간의 정평입니다.”

간단히 식사를 마친 한운지가 차를 주문해 마셨다.

“천풍무국에 대해서는 소녀가 상세하게 조사해 보겠어요. 무 공자께서 찾는 원수와 연관이 있는지 확인해 보겠습니다. 한데 한 가지 여쭤볼 게 있어요.”

“뭔데?”

“공자를 치료해 준 황 노인이라는 사람이 혹시 곱사등이 아닌가요?”

무불악은 짙은 눈썹을 슬쩍 치켜 올렸다.

“어떻게 알았어? 혹시 네가 아는 사람이냐?”

"아, 역시 제 짐작이 맞았군요."

"그 영감이 대체 누구야? 의술은 대단한 것 같더라고."

"대단한 정도가 아니죠. 당대 최고의 신의이십니다."

"당대 최고라면……."

"약왕전의 전주이신 활천편작(活天編鵲)이세요."

약왕전(藥王殿)은 당금 천하의 사대 신비 세력인 사대비전의 하나로 의술과 약학에 정통한 문파다. 사대비전의 제자들이 강호 활동을 거의 하지 않는데 약왕전 역시 은자들의 문파로만 존속해 왔다.

활천편작은 현 약왕전의 전주로 삼십 년 이래 최고의 신의라는 명성을 떨치고 있지만 그를 대면한 사람은 극히 드물다.

한운지는 부러운 눈빛으로 무불악을 바라보았다.

"사부님께서도 활천편작의 의술을 높이 평가하셨죠. 무 공자는 정말 대단한 기연을 입은 겁니다."

"기연은 무슨? 내 팔의 부상은 돌팔이라도 치료할 수 있을 정도였어."

무불악은 공연히 활천편작의 존재를 무시하고는 탁자에 바싹 다가앉았다.

"역시 원수를 찾아내려면 검마를 만날 수밖에 없을 것 같아. 이판사판으로 한번 붙어보지 뭐. 내가 일전에 독보신검과 일초를 겨룬 적도 있다고. 검마가 아무리 무서운 마왕이라도 독보신검보다 월등하게 강하지는 않을 거잖아?"

"공자, 구주파천은… 정말 무서운 마왕입니다."

"어서 소재나 얘기해. 싸워도 내가 싸우는 거니까."

"공자……."

"됐어. 말하기 싫으면 그만둬. 내가 다시 천풍무국을 찾아가 삼대마왕과 겨뤄보겠다. 놈들을 제압해 알아내면 되니까."

무불악이 터무니없는 도전을 내세워 압박을 가해오자 한운지가 침울한 표정으로 말해주었다.

"최근에 입수한 정보에 의하면 검마가 산서성 철마산 일대에 머물러 있다고 들었습니다."

"산서성? 염병, 그 추운 곳까지 다시 가야 한단 말이냐?"

"철마산은 산서성 남부에 위치하니 그렇게 추운 곳은 아닙니다. 행보를 늦추면 겨울이 지나서 당도하실 수 있지요."

"그래, 서둘러 가야 할 이유가 없으니 천천히 가지 뭐."

무불악은 음흉한 눈빛으로 한운지를 힐끗 보았다.

"물론 너도 함께 가는 거지?"

한운지는 공손히 손을 모았다.

"죄송해요. 소녀가 한 가지 부탁을 받은 게 있어 해결할 일이 있습니다. 시일을 정해 철마산에서 만나기로 해요."

"너 일부러 나를 피하는 거지? 동행하면 혹시 내가 너를 잡아먹을까 봐 따로 가려는 거 아냐?"

"정말입니다."

"넌 오대천마를 상대하기 위해 키워졌잖아? 한데 오대천마를 상대하는 것보다 더 중요한 일이 어디 있어? 네가 일부러 나를 피하려는 것으로밖에 생각되지 않는다."

무불악이 집요하게 몰아붙이자 한운지가 솔직한 심정을 토로했다.

"그래요. 그런 이유도 있습니다. 소녀를 싸구려 계집 취급하는 무 공자와 동행하는 것이 불편합니다. 만일 소녀를 강제로 범하려 한다면 싸울 수밖에 없는데… 그러고 싶지 않습니다."

"한운지, 너 나를 못 믿는 거냐?"

"예, 믿지 못합니다."

"계집애, 눈은 똑바로 박혔군."

무불악은 자리에서 먼저 일어섰다.

"네가 계산해라."

한운지가 만류하기도 전에 무불악은 투덜거리며 객잔을 나섰다.

뒤따라 나온 한운지가 부드럽게 위로했다.

"무 공자, 여인에게는 절개라는 것이 있습니다. 강호의 여인이라도 지킬 것은 지켜야 합니다."

"한운지, 한 가지만 묻자. 만일 백을천과 동행해야 할 상황이었어도 이렇게 몸을 빼려 했겠냐?"

"굳이 멸사신룡과 비교하지 마십시오."

"큭, 답변을 못하는 것으로 봐서 백을천과는 한 침상에서 잘 수도 있다는 거로구나?"

무불악은 성큼성큼 걸음을 옮겼다.

"역시 백로와 까마귀는 어울릴 수 없어. 나한테는 그저 매음굴의 계집이 적격이지. 하하."

몇 걸음을 내디디는 사이 무불악은 이내 사라졌다.

한운지는 그를 혼자 떠나보낸 것이 미안했지만 마음을 독하게 먹었다.

'그래도 무 공자가 예전보다는 흰색에 가까워지고 있어. 광명구양신공의 화후가 높아질수록 악보다는 선을 추구하게 될 거야. 무 공자에게는 아직… 시간이 필요해.'

3

콰— 콰쾅!

핏빛 쇠사슬이 작렬할 때마다 연무장의 석판이 박살나면서 허공 높이 튀어 올랐다.

"차아앗!"

쇠사슬을 몸에 감은 거구의 노인은 연신 쇠사슬을 휘두르며 초식을 전개했다. 쇠사슬이 바닥을 내려칠 때마다 견고한 석판이 박살나면서 연무장을 폐허로 만들어 버렸다.

츄리릭……!

거구의 노인은 충분히 수련을 마쳤는지 쇠사슬을 회수해 몸에 감았다. 노인은 한쪽 팔이 팔꿈치서부터 잘려 나간 외팔이였지만 워낙 덩치가 거대해 외팔이라는 사실이 크게 부각되지 않았다.

"이 버러지 새끼! 반드시 죽여 버리겠다!"

거구의 노인은 연신 이를 갈며 섬뜩한 살기를 폭사했다.

노인은 다름 아닌 오대천마 중 철마인 사망혈삭이었다.

그는 지난번 무불악과의 대결에서 자신의 쇠사슬이 몸에 박히는 중상을 당했다가 얼마 전 회복된 이후 무불악에 대한 보복을 꾀하고 있었다.

연무장 한쪽에서 지켜보고 있던 통통한 체구의 노인이 다가섰다. 노인의 사자 갈기와 같은 구레나룻이 아주 용맹해 보였다.

"철 형님, 이제 완전히 회복된 것 같으니 슬슬 출동합시다."

역시 오대천마 중 일인인 장마 암흑붕천이었다.

사망혈삭은 폐허로 변한 연무장을 쓸어보았다.

"막내는 어디를 갔느냐?"

"피 냄새가 그립다며 아침나절에 출타했소. 죽일 놈들이 지천이니 곧 돌아올 것이오."

얘기가 끝나기 무섭게 요란한 광소가 울려 퍼졌다.

"카하핫, 소제를 찾으셨소?"

머리카락이 붉고 허리춤에 동발을 찬 적포노인은 혈마 난살천참이었다. 걸음을 옮길 때마다 핏자국이 선명한 것으로 미루어 한바탕 살육을 저지르고 온 것으로 보였다.

난살천참은 심하게 파헤쳐진 연무장을 둘러보며 입맛을 쩍 다셨다.

"철 형님, 이제 완전히 회복된 것이오?"

"그래, 놈의 행방에 대해 알아보았느냐?"

"호남을 벗어나 북향한다는 정도만 알아냈소. 상세한 행보는 천해문이든 개방 놈들을 조져서라도 파악할 수 있소."

암흑천붕이 코를 벌름거리다가 인상을 찡그렸다.

"대체 어떤 놈들 피로 목욕을 했기에 이리도 고약한 것이냐?"

"아미파 비구니 몇이 지나가기에 토막을 내주었소."

"저런, 그냥 죽였단 말이냐? 비구니 맛본 지도 오래됐는데 정말 아쉽구나."

"카하핫, 그렇게 아쉽다면 당장 나갑시다."

사망혈삭이 두 천마를 쏘아보았다.

"지금 한가하게 계집 타령을 할 때냐? 당장이라도 무불악 그놈을 제압해 씹어 먹어야 한다."

사망혈삭이 앞서 몸을 솟구치자 난살천참이 뒤를 따랐다.

"알겠소, 철 형님. 놈을 썰어 먹고 싶은 마음은 나도 마찬가지요."

암흑붕천이 마지막으로 합류했다.

"쯧쯧, 그런 어린놈한테 번번이 당하다니 정말 오대천마의
수치다."

잠시 후 폐허가 된 연무장 위로 두 사람이 내려섰다.

여인은 궁장으로 머리를 틀어 올렸고 장식으로 패옥을 달
아 가벼운 움직임에도 옥이 부딪치면서 맑은 소리를 발했다.
또한 얇은 망사의를 걸치고 있어 육감적인 몸매가 여실히 드
러났다.

머리부터 발끝까지 색기가 물씬 풍기는 여인은 커다란 깃
털을 부채 삼아 쥐고 있었다.

입가의 미소는 자연스럽게 새겨져 있어 지워질 줄 몰랐고
고혹적인 눈빛은 뭇 사내의 애간장을 녹이기에 충분했다.

"연무장부터 다시 정비해야겠어."

나른한 음성에서마저 색기가 묻어 나온다.

여인을 수행하는 자는 반듯한 용모의 청년으로 매서운 세
모꼴 눈매가 아니라면 미장부로 손색이 없을 정도였다.

"무후, 삼대봉공에게도 본 국의 엄격한 율법을 적용해야
합니다. 혈 봉공에 의해 죽은 전사들만 수백 명에 달하고 철
봉공의 쇠사슬에 박살난 전각이 수백 채입니다. 또한 장 봉공
에 의해 무수한 전사들이 부상을 당했고 시비들이 능욕을 당
했습니다. 삼대봉공에 대한 전사들의 불만이 너무 고조돼 있
어 속히 조치를 취해야 합니다."

여인이 바로 천풍무국의 신비로운 주인 천향무후였다.

천향무후는 선홍빛 깃털로 자신의 볼과 목덜미를 어루만졌다.

"놔둬라. 잔인하지 않으면 어찌 마왕이겠으며 포악무도하지 않으면 어찌 마왕일 수 있겠느냐? 설사 지시를 내린다 해도 따르지 않을 자들이다. 삼대마왕은 본 국의 봉공으로 있다는 것만으로 충분해. 그 이상은 바라지 마라."

이때 깔끔한 용모의 청년이 달려와 예를 올렸다.

"무후께 아룁니다."

"뭐냐?"

"한 계집이 본 국의 전사를 지망해 찾아왔는데 무공이 초일류입니다. 금사조차 계집을 감당하지 못했습니다."

보고를 올린 자는 천향무후를 수행하고 있는 자와 용모와 체격이 아주 흡사했다. 사실 두 사람은 쌍둥이로 천향무후의 그림자 호위인 흑백쌍절(黑白雙絶)이었다.

두 사람은 각기 검법과 도법에 능해 백검절(白劍絶)과 흑도절(黑刀絶)로 불린다.

천향무후는 자신의 풍만한 가슴을 어루만지며 걸음을 옮겼다.

"금사를 능가할 무공이라면 능히 절정 급 고수라 할 수 있다. 어떤 계집이냐?"

"잔광혈화입니다."

“호호, 그래?”

천향무후는 흥미로운 눈빛으로 진한 미소를 피워냈다.

“중원삼화의 하나인 잔광혈화가 본 국의 전사가 되고 싶어 제 발로 찾아왔단 말이지?”

백검절이 신중한 모습으로 아뢰었다.

“무후, 첩자일 가능성이 높습니다.”

“바보. 잠입할 목적이었다면 자신의 신분을 밝혔겠느냐?”

천향무후는 유령처럼 미끄러졌다.

“천향궁으로 데려와라. 내가 직접 심사하겠다.”

백옥 조각상처럼 완벽한 이목구비.

서릿발처럼 차가운 눈빛만 아니라면 세상 누구도 매료시킬 절세적 미모의 여인은 다름 아닌 잔광혈화 냉소채였다.

천향궁으로 들어선 냉소채는 거대한 규모와 화려한 장식에 절로 압도되었다. 궁전의 천장은 아주 높았고 천장을 떠받드는 아름드리 기둥에는 승천하는 듯한 용이 새겨져 있어 마치 황궁을 방불케 했다.

냉소채는 거울처럼 매끄러운 대리석 바닥을 밟고 단상으로 향했다.

단상에는 황금 보좌가 놓여 있는데 천향무후가 삐딱하게 앉아 냉소채를 굽어보고 있었다. 보좌 좌우에는 흑백쌍절이 시립해 있었다.

단하에서 걸음을 멈춘 냉소채가 천향무후를 향해 간단히
예를 올렸다.

"국주를 뵈옵니다."

그러자 좌우로 길게 늘어서 있던 수뇌급들이 격한 음성으
로 외쳤다.

"네 이년, 당장 배례를 올려라!"

"무엄한 계집, 예의를 갖춰라!"

천향무후가 깃털을 치켜들자 수뇌들의 고함 소리가 그쳤
다. 천향무후는 나른한 음성으로 물었다.

"네가 분명 잔광혈화냐?"

"그렇습니다."

"본 국의 전사가 되고자 찾아왔다면 당연히 내 앞에 부복
배례를 올려야 하지 않겠냐?"

"천풍무국에 입국해 제가 아직 패한 적이 없습니다."

"호호, 아직 본 국의 위엄을 느끼지 못했단 말이로구나?"

천향무후는 깃털로 궁전 내에 도열해 있는 수뇌급들을 가
리켰다.

"냉소채, 이들은 본 국의 최고 수뇌들이 아니다. 하지만 네
무공으로는 이들 중 한 명도 격파하지 못할 것이다. 믿지 못
하겠다면 누구라도 좋으니 지목해서 겨뤄봐라. 만일 네가 이
긴다면 무례를 용서해 주겠다."

냉소채는 궁전 내에 도열해 있는 수뇌급들을 둘러보았다.

금은이 수놓아진 복색의 수뇌급들은 족히 오십 명이 넘었다.

'이들 모두가 나를 능가할 초고수란 말인가?'

강호에서 그녀의 무공 수위는 결코 낮지 않다. 그녀의 원수가 워낙 고강한 무공을 지녔기에 몸을 낮춰 천풍무국에 입문하려 한 것이지, 사실 그녀는 일문을 이끌기에 충분할 무공의 소유자였던 것이다.

그녀는 내성에 이르는 동안 천풍무국의 적사와 백사를 비롯해 은사와 금사까지 격파했음을 상기했다.

'직접 겨뤄보기 전에는 믿을 수 없다.'

냉소채는 천향무후의 측근 호위인 흑백쌍절 중에서 흑도절을 지목했다.

천향무후는 실소를 흘렸다.

"흑도절, 네가 마음에 드나 보구나. 상대해 주어라."

"예, 무후."

흑도절은 천천히 계단을 밟고 내려섰다. 냉소채의 지목을 받고도 별반 불쾌한 표정을 표하지 않았다는 것은 깊은 심기의 소유자임을 의미했다.

수뇌급들은 벽으로 물러서 두 사람이 대결할 수 있는 공간을 만들어주었다.

두 사람 사이의 거리는 이 장 정도.

냉소채는 허리띠 속에 숨겨진 연검의 손잡이를 가볍게 쥐었다. 흑도절은 등에 쌍칼을 교차해 매고 있었지만 팔짱을 낀 채 전혀 대비하지 않았다.

냉소채는 순간적으로 모욕감에 젖었지만 감정을 접고 승부에만 전념했다.

"차앗!"

날카로운 외침이 터지며 섬광이 번득였다. 그녀의 특기인 쾌검이 전개된 것이다.

일순 흑도절의 모습이 유령처럼 옆으로 이동하면서 그녀의 공격이 무산되었다.

냉소채는 당황하지 않고 재차 쾌검을 발출했다.

번—쩍!

흑도절은 다시 유령 같은 신법을 펼쳐 옆으로 이동했다.

두 번째 쾌검도 무위로 돌아가자 냉소채는 몸을 날리며 세 번째 쾌검을 전개했다.

흑도절이 비로소 한 자루 칼을 뽑아 들었다.

"조심해라!"

경고가 결코 허언이 아니었다.

쐐애액—!

연속적으로 내리꽂히는 도기가 끝이 없었다.

냉소채는 검을 휘둘러 도기를 쳐냈지만 마치 폭포수처럼 쏟아지는 수십 수백 개의 도기를 모두 막아낼 수가 없었다.

차차창—!

연검을 통해 전해지는 충격에 냉소채는 내상마저 입고 뒤로 물러섰다. 폭풍 같은 도기의 공세는 여전히 계속되었다.

냉소채는 세상에 이런 도법이 존재하는지 처음 알았으며 자신의 한계를 절감했다.

차앙……!

연검이 손에서 벗어났고 흑도절의 칼이 냉소채의 목 앞에서 멈춰 섰다.

참패.

변명이 여지가 없는 완벽한 패배였다.

흑도절은 조용히 칼을 회수하고는 단상으로 올라섰다.

냉소채는 잠시 입술을 곱씹다가 단상을 향해 부복배례를 올렸다.

"말학 냉소채가 천풍무국의 일원이 되기를 간곡하게 청합니다."

천향무후는 깃털을 어루만지며 나른한 미소를 흘렸다.

"호호, 이제야 네가 본 국의 위엄을 실감했구나. 하지만 흑도절의 폭풍참마도를 오초까지 막아냈으니 네 무공을 높이 평가하겠다. 냉소채, 너를 천향궁 풍향영주로 삼겠다."

영주 급은 천풍무국 내에서 중간 직급에 해당된다.

천향궁 내의 처소를 배정받은 냉소채는 자신의 결정에 대해 돌이켜 보았다.

그녀는 공식적으로 화훼문의 문주 신분이다. 아무리 원한에 사무쳐도 시일을 두고 무공을 수련해 복수를 하는 것이 순리다. 그러나 원수의 무공이 너무도 고강하기에 과연 복수를 할 수 있을지 장담할 수가 없었다.

보다 강력한 무공을 수련하기 위해 화훼문을 나선 냉소채는 일성쌍궁을 능가할 거대한 신비집단 천풍무국에 자신을 맡기기로 결심했다.

천풍무국이 사파의 집단일 수도 있지만 개의치 않았다. 어떻게든 원수를 죽일 무공만 터득하면 천풍무국을 떠나겠다는 것이 그녀의 복안이었던 것이다.

간단히 수욕을 마치고 영주의 복장을 갖춰 입은 냉소채는 국주의 호출을 받고 천향무후의 침소로 들어섰다.

금은과 패옥으로 치장된 침소는 지극히 화려했다. 향수가 뿌려져서인지 독특한 향기가 어지러울 만큼 코를 찔렀다.

천향무후는 한 겹 망사의만 걸친 채 차를 마시고 있었다.

"복장이 잘 어울리는구나."

"은혜에 감사드립니다."

"가까이 오너라."

냉소채가 다가서자 천향무후는 깃털을 쥐고 자신의 목덜미를 문질렀다.

"왜 본 국의 제자가 되려 한 것이냐?"

"제게는 죽여야 할 원수가 있습니다. 한데 그자의 무공이 너무 강합니다."

"흐음, 네 무공으로 죽이지 못할 정도면 절세 급 고수쯤 되 겠구나. 하지만 상대가 누구든 본 국의 절기를 터득하면 죽일 수 있다."

"부탁드립니다."

"원수가 누구냐?"

"……."

"내가 알기로 넌 화훼문의 제자다. 한데 얼마 전 화훼문주 가 한 불한당에게 죽었지. 그 바람에 화훼문도 봉문을 당하는 수모를 겪어야 했지. 그 불한당의 이름이 아마 무불악이지?"

자신의 신분을 정확히 파악당한 냉소채는 모든 것을 인정 할 수밖에 없었다.

"사실입니다, 무후. 제 영혼을 걸고 죽여야 할 원수는 바로 사해천악 무불악입니다."

"네 영혼을 걸겠다고?"

"그렇습니다."

"그런 의지라면 네게 놈을 죽일 절기를 하사해 줄 수도 있 다. 어서 벗어봐라."

"예에……?"

"네가 절기를 하사받을 자격이 있는지 확인하기 위해서 다."

"……."

냉소채가 주저하자 천향무후가 조소를 흘렸다.

"후훗, 네 영혼을 걸겠다면서 한갓 몸뚱이를 아낀단 말이냐? 물러가."

냉소채는 잠시 갈등하다가 지그시 입술을 깨물었다.

'그래, 복수를 할 수 있다면 내 몸뚱이 따위는 아깝지 않다.'

사르르……!

겉옷과 속옷이 차례로 흘러내리며 냉소채는 실오라기 하나 없는 알몸이 되었다.

천향무후는 묘한 눈빛으로 냉소채의 나신을 감상했다.

"완벽해. 계집인 나조차도 매료될 만큼 아름다운 몸매의 소유자구나."

가까이 다가선 천향무후는 깃털로 냉소채의 나신을 쓰다듬었다. 그녀는 깃털로 냉소채의 젖가슴과 허리, 허벅지를 간질이며 반응을 살폈다.

냉소채의 표정에는 아무런 변화도 없었다.

"이런, 심장이 너무 차갑구나."

천향무후는 냉소채를 끌어안으며 나직이 속삭였다.

"잘 들어라, 냉소채. 네 소원을 이루려면 주상의 은총을 받아야 한다. 한데 주상의 은총을 받기에 넌 너무 차가워. 내가 먼저 너를 향기롭고 따뜻한 여인으로 만들어주겠다."

냉소채는 그날 밤 여인이기를 포기했다.

第二十五章
함부로 덤비면 죽는다

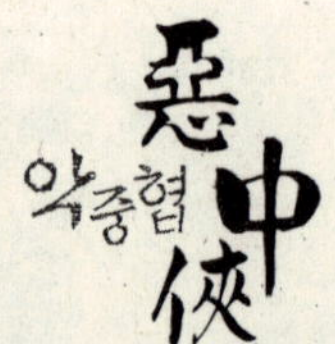
惡中俠
악중협

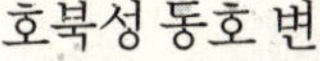

1

호북성 동호 변.

강남의 봄은 빠르기에 벌써부터 매화가 만발했고 사람들의 옷차림도 가벼워졌다. 호반의 객잔과 주점들은 창문을 활짝 연 채 손님을 맞이하고 있었다.

점소이에게 말을 맡기고 반점으로 들어선 무불악은 전망 좋은 창가 자리를 차지하고 앉았다.

한운지와 헤어진 이후 그는 느긋하게 산서성으로 향하는 중이었다. 형남서부터 동호까지는 천 수백여 리에 불과했지만 무려 열흘이나 걸렸으니 게으를 만큼 느린 행보라 할 수 있었다.

무불악은 말이 가는 대로 길을 맡기면서 은하성천검법의 구결을 연구하는 데 보다 집중했다.

그가 산서성 철마산에서 검마를 만나게 되면 화기애애한 가운데 얘기가 진행될 가능성은 희박했다. 한바탕 싸움이 벌어질 게 분명한데 상대는 검마 구주파천이었다.

여태 그가 상대해 본 마왕은 혈마와 철마로 다른 세 마왕과는 아직 면식이 없었다.

무불악이 이렇듯 고심하며 은하성천검법에 매진하는 이유는 구주파천이 지닌 상징적인 명성 때문이었다.

구대천마의 으뜸이며 절대마검의 소유자.

그의 무공은 사대천마와 차원이 다르다고 하였다. 당금 천하에서 구주파천과 검을 맞댈 사람은 독보신검과 건곤불패뿐이라는 것이 세간의 평가였다.

얼마 전까지는 우내삼기 중 상청우사도 포함돼 있었지만 무불악에게 패배를 당한 이후 그의 존재는 잊혀지기 시작했다.

주문한 술과 요리가 나오자 무불악은 동호의 수려한 정경을 감상하며 술을 입에 털어 넣었다.

"역시 나 혼자 상대한다는 것은 자살 행위다. 반드시 운지와 동행해야 돼. 그러니 서둘러 갈 필요가 없다."

그가 게으를 정도로 느린 행보를 유지하는 것도 한운지를 앞세워 구주파천을 만나겠다는 계획 때문이었다.

이때 한 무리의 표사들이 객잔으로 들어섰다.

"얘기 들었는가? 이번에 남양왕부에서 대규모 구휼미를 방출했다면서?"

"그래, 덕분에 형남 일대의 빈민들이 무사히 춘궁기를 넘길 수 있게 되었다고 하더군."

"그게 모두 화운군주가 무사히 귀환한 덕분이라면서?"

"이를 말인가? 부처님의 가호가 아니라면 흉악한 묘강 오랑캐들에게 납치된 군주가 어떻게 곧바로 구출될 수 있겠는가?"

표사들은 차를 나눠 마시며 연신 떠들어댔다.

"한데 말일세, 화운군주를 구출한 영웅이 정말 사해천악이야? 당최 믿기지가 않아서 말일세."

"그러게. 멸사신룡이라면 모를까 사해천악이라니? 우내삼기를 기습하고 의천오절의 성스런 유해를 훼손한 그 잔인한 악당이 어떻게 그런 공을 세웠단 말인가?"

"풍문이 사실이라면 사해천악이 아니라 사해천웅으로 불려야 하는 것 아닌가?"

표사들의 얘기에 무불악은 귀가 간지러웠다.

'새끼들, 그 주인공이 바로 여기 있다.'

형남을 떠나온 이후 화운군주의 납치와 구출은 가장 커다란 사건으로 천하를 진동시켰다. 화운군주를 구출한 사람이 최근까지 무림공적으로 거론되던 악적이었기에 사건의 진위를 두고 논란도 많았다.

무불악은 어디를 가도 자신에 관한 얘기가 거론되는 것이 싫지는 않았다.

그가 가장 즐거웠던 것은 자신에 대한 혼란스런 평판이었다. 선악을 구분할 수 없다는 천하인들의 헷갈리는 평가가 오히려 마음에 들었다.

'그래, 니들 좋을 대로 생각해. 나도 그게 편하니까.'

무불악은 혼자서 건배를 하며 즐겁게 술을 마셨다.

일순 기의 격렬한 파동이 감지되었다.

'허억?'

본능적으로 위기를 느낀 무불악은 술잔을 내던진 채 쏜살같이 창문을 통해 빠져나왔다.

와지끈— 콰쾅!

호반의 삼층 반점이 통째로 주저앉고 있었다. 지붕이 허물어지고 기둥이 동강나면서 커다란 건물이 삽시간에 붕괴되었다.

비명 소리가 난무했다. 기분 좋게 술과 요리를 즐기던 손님들 대부분이 영문도 모른 채 날벼락을 맞은 것이다.

호숫가 난간 위로 내려선 무불악은 아비규환으로 변한 반점을 쓸어보았다.

"대체 어떻게 된 거야?"

이때 사자갈기와 같은 구레나룻을 기른 투실투실한 노인

이 송두리째 무너진 반점 위로 날아들었다. 그는 허공을 딛고 선 채 무불악을 가리켰다.

"카하핫, 쥐새끼야! 용케도 빠져나왔구나?"

무불악은 비로소 반점이 박살난 연유를 알게 되었다.

"늙은이, 날 죽이려고 저 많은 사람들을 해친 것이냐?"

"네놈을 죽일 수 있다면 수천 수만 명을 죽이는 것도 마다하지 않겠다."

"날 죽여야 할 이유라도 있어? 내가 보기에는 늙은이가 나보다 더 빨리 죽어야 정상인데?"

"이런 호로 새끼!"

노인은 커다란 손바닥을 활짝 펼치며 일장을 내질렀다.

콰류류류!

쏟아지는 엄청난 장력은 그야말로 폭풍이었다.

무불악은 오기가 치밀어 마주 응수했다.

"까불지 마라!"

그는 두 주먹에 광명구양신공을 운기해 힘껏 내질렀다. 의천무경의 절기인 폭풍벽파신권이었다.

콰아아앙!

어마어마한 폭음이 터지며 파괴적인 광휘가 급속도로 확산되었다. 근처의 건물들은 기왓장이 날아가고 기둥이 분질러지며 연이어 주저앉았다.

세찬 바람에 휘말린 사람들은 난간을 넘어 호수로 떨어져 내렸다.

“으아악!”

“사람 살려!”

무불악은 기혈이 들끓는 고통에 젖어 주르륵 밀려났다.

‘으윽, 이럴 수가?’

그가 전개한 폭풍벽파신권은 의천무경의 절학 중에서 가장 패도적인 위력을 지닌 절기였다. 그런 절기를 펼치고도 그가 내상을 입었다면 상대는 절세고수였다.

노인은 조금도 밀리지 않은 채 사자갈기와 같은 구레나룻을 어루만졌다.

“카하핫, 네놈이 그래도 한 무공 하는구나. 형식이 다르기는 해도 의천오절 중 풍천권왕의 권법과 유사해.”

무불악은 가쁜 숨을 몰아쉬었다.

“당신… 혹시 오대천마 중 장마인가?”

“오냐, 노부가 바로 암흑천붕이다.”

“그… 그랬었군.”

암흑천붕의 등장에 무불악은 바싹 긴장했다.

‘염병, 죄다 몰려온 것인가?’

삼대천마가 함께 천풍무국에 소속돼 있으니 장마 혼자 출동했다고는 생각할 수 없었다. 만일 철마와 혈마까지 동행했다면 오늘은 그의 제삿날에 가깝다.

불운하게도 무불악의 우려는 틀리지 않았다.

휘리리링―!

두 개의 동발이 섬전처럼 내리꽂혔다. 무불악은 간장검을 휘둘러 동발을 쳐냈다.

츄리릭―!

이번에는 쇠사슬이 날아들며 그를 휘감아왔다.

무불악은 쇠사슬을 후려치고는 호숫가 벼랑 위로 내려섰다.

암흑천붕에 이어 등장한 난살천참과 사망혈삭이 무불악을 에워쌌다.

사망혈삭은 무불악을 직시하며 이를 부득 갈았다.

"쥐새끼, 오늘 네놈의 살을 씹고야 말겠다."

무불악은 삼대천마를 쓸어보며 빠르게 생각을 굴렸다.

'젠장, 아주 더럽게 걸렸군. 세 놈씩이나 되니 도주하기도 쉽지 않겠어.'

사망혈삭이 쇠사슬을 철그렁거리며 다가섰다.

"또 튈 생각부터 하는 것이냐, 쥐새끼?"

"뭐가 두렵다고 내가 도주하겠냐? 철마 너는 나한테 두 번씩이나 패하고도 부끄럽지도 않으냐? 너는 내 상대가 못 돼."

"닥쳐라! 오늘은 네놈의 어떤 술수도 통하지 않는다. 네놈을 산 채로 저밀 것이다."

"내 살이 맛이 있으려나 모르겠군. 술과 매음굴 계집에 절은 몸이 돼서 말이야."

무불악이 유들유들하게 응수하자 난살천참이 동발을 날렸다.

"새끼, 혓바닥부터 잘라주랴?"

무불악은 호신강기를 펼쳐 몸을 보호하며 간장검으로 동발을 후려쳤다. 그러자 암흑천붕의 장력이 태산을 누를 듯이 내리꽂혔다.

무불악은 감히 맞받지 못하고 뒤로 물러서면서 초운십팔장으로 응수했다. 한데 섬전처럼 날아든 철마의 쇠사슬이 그의 등을 강타했다.

"크윽!"

무불악은 울컥 피를 토하며 비틀비틀 물러섰다. 만일 광명구양신공으로 몸을 보호하지 않았다면 뼈가 으스러지고 장기가 파열되었을 것이다.

'제기, 도저히 상대가 안 되는군.'

삼대천마가 조금씩 포위망을 좁혀들었다. 그들이 걸음을 옮길 때마다 강렬한 마기가 뿜어지며 바닥에 선명한 족인이 새겨졌다.

무불악은 호수의 벼랑가로 물러섰다.

"이, 이봐. 명색이 마왕들이잖아? 일대일로 싸우자고. 치사하게 삼 대 일로 몰아붙이냐?"

난살천참이 손바닥을 펼쳐 동발을 회전시켰다.

"크흐훗, 네놈이 워낙 날랜 쥐새끼가 아니더냐? 이번에는 절대 달아날 수 없다.”

“좋아. 정 못 믿겠다면 할 수 없지.”

무불악은 두 손으로 검을 감싸 쥐며 진기를 운집했다.

“어느 한 놈은 내 어기비검에 죽게 될 것이다.”

순간적으로 검을 날리는 어기비검은 어검술의 입문 과정으로 은하성천검법의 최후 삼식에 해당된다.

무불악이 어기비검의 기수식을 취하자 삼대천마는 다소 긴장했다. 천하를 진동시키는 절세마왕이라 해도 죽음 앞에서는 초연할 수 없다. 어기비검은 초상승절기이기에 진짜로 펼쳐진다면 감당하기가 쉽지 않다.

삼대천마는 제각기 호신강기를 펼쳐 몸을 보호하며 무불악의 출수에 대비했다.

“차앗!”

힘찬 기합성과 함께 무불악이 둥실 떠올랐다. 그러나 어기비검은 펼쳐지지 않았다.

무불악은 방향을 틀어 난간을 박차고 호수로 몸을 날렸다.

비로소 무불악의 술책을 알게 된 삼대천마는 분통을 터뜨렸다.

“저런 비열한 쥐새끼!”

“서지 못하겠느냐?”

삼대천마도 무불악을 추격해 호수로 뛰어내렸다.

호수 위로 내려선 무불악은 해연약파 신법으로 수면을 밟

고 몸을 날렸다. 그러나 마냥 수면을 밟고 신법을 전개할 수
가 없기에 발을 딛고 설 부유물이 필요했다.

다행히 멀지 않은 곳에 낚싯배가 보였다.

호수에서 느긋하게 낚시를 즐기던 한량들은 배 안으로 내
려선 무불악에 의해 걷어차였다.

"뒈지기 전에 당장 꺼져!"

낚시꾼들을 떨쳐 낸 무불악은 수면을 향해 장력을 날렸다.

퍼엉!

물기둥이 솟구쳐 오르며 조각배는 반탄력을 타고 빠르게
미끄러져 갔다.

호수 위로 내려선 삼대천마 역시 세 척의 조각배를 탈취해
추격에 나섰다.

촤아악—!

수면을 가르며 미끄러지는 네 척의 조각배는 빠른 속도로
호심을 향해 멀어져 갔다.

무불악이 돌아보니 난살천참이 가장 앞서 추격해 오고 있
었다. 그 뒤로 암흑천붕이 뒤쫓았고 거대한 체구의 사망혈삭
이 가장 뒤처져 있었다.

무불악은 빠르게 사태를 파악했다.

'뭔가 결판을 내야 한다. 이대로 쫓기다가는 내가 먼저 죽
는다.'

이때 난살천참의 동발이 날아들었다.

휘리리링—!

무불악은 간장검을 휘둘러 동발을 후려쳤다. 한데 뱃전으로 파고든 다른 동발에 의해 조각배가 동강나고 말았다. 난살천참이 각기 동발을 날려 배를 노렸던 것이다.

"젠장!"

무불악은 동강난 뱃머리를 밟고 섰지만 빠르게 가라앉는 바람에 달리 생각할 겨를도 없었다.

암흑천붕이 뱃전을 박차고 날아들었다.

"쥐새끼, 네놈은 이제 죽었다!"

거대한 손 그림자가 하늘을 뒤덮었다. 장마의 절기인 암흑파멸장이었다.

무불악은 급히 천근추 신법을 전개해 물속으로 잠겼다.

퍼어엉!

암흑파멸장이 작렬한 수면 위로 십 장 높이의 물기둥이 치솟아올랐다. 주변으로 거대한 파도가 형성돼 넘실거렸다.

암흑천붕은 허공을 딛고 선 채 수면을 살폈다.

날벼락을 맞아 배가 터져 죽은 수백 마리의 물고기와 조각배의 파편이 눈에 띄었지만 무불악의 시체는 보이지 않았다.

암흑천붕이 조각배 위로 내려서자 난살천참이 물었다.

"장 형님, 어찌 된 거요? 어린 새끼는 뒈졌소?"

"뒈지지는 않은 것 같다. 놈이 물고기가 아닌 이상 모습을 드러낼 수밖에 없으니 흩어져서 찾아보자."

두 마왕은 천천히 배를 이동시키며 수면을 관찰했다. 뒤미처 당도한 사망혈삭이 쇠사슬로 수면을 내려쳤다.

"쥐새끼, 어디 숨은 것이냐?"

한편 암흑천붕의 공격을 피해 물속으로 잠긴 무불악은 잠영을 하면서 심각하게 고민했다.

그도 사람인 이상 수면 밖으로 고개를 내밀어 숨을 쉴 수밖에 없는데 한 번 발각되면 삼대천마의 집중 공격을 받을 수밖에 없다. 그의 역량으로 삼대천마를 상대로 십초를 넘기기도 불가능하다.

무불악은 수면 쪽을 살펴보았다. 머리 위로 조각배의 밑면이 보였다.

'좋아. 이판사판이다. 어느 한 놈이라도 죽여야 내가 산다.'

그는 두 손으로 간장검을 거머쥐고는 배 밑면을 겨냥했다.

'기회는 한 번뿐이다!'

물속을 박찬 그는 간장검을 꼿꼿하게 세운 채 빠른 속도로 치솟아올랐다.

사실 그는 아직 어기비검의 단계에는 이르지 못했다. 그가 펼쳐 낼 수 있는 최고의 검법은 신검합일이었다. 물살을 가르고 솟구친 그의 검이 배 밑면을 관통했다.

쩌억!

검극에서 뿜어진 검기는 공교롭게도 난살천참의 가랑이

사이로 파고들었다. 무불악의 흔적을 찾기 위해 호수 속을 들여다보고 있던 난살천참으로서는 꿈에서도 예기치 못한 기습이었다.

그가 기습을 감지했을 때 간장검은 이미 그의 사타구니로 파고들고 있었다.

"크아아악!"

처절한 비명이 울려 퍼지는 가운데 난살천참은 사타구니서부터 쪼개지는 참살을 당했다. 그의 몸뚱이는 두 쪽으로 갈라졌고 시뻘건 핏물이 호수를 붉게 물들였다.

혈마 난살천참의 비명횡사.

이는 세상을 진동시킬 대사건이었다.

난살천참을 동강낸 무불악은 스스로도 놀라웠지만 희열을 즐길 상황이 아니기에 다시 호수 속으로 몸을 숨겼다.

"허억, 막내야!"

사망혈삭은 급히 쇠사슬을 날려 쪼개진 난살천참의 시체 한 조각을 끌어당겼다.

"크으, 이 찢어 죽일 놈이 감히 막내를 해쳐?"

극도로 분노한 암흑천붕은 수면을 밟고 미끄러지면서 마구 장력을 내질렀다.

퍼— 퍼퍼펑—!

주변 백 장 이내의 수면이 연이어 폭발하며 열 길 높이의 물기둥이 치솟아올랐다.

호수 저편으로 무불악의 모습이 잠깐 보였다가 사라졌다.

"이 원수야, 거기 서라!"

암흑천붕이 무불악을 뒤쫓으려 하자 사망혈삭이 비통한 외침으로 그를 불러 세웠다.

"넷째야! 막내의 시신부터 찾아야 한다!"

암흑천붕은 피를 뿜을 만큼 분했지만 아우의 시체를 회수해야 했기에 추격을 중단할 수밖에 없었다.

물속으로 뛰어든 그는 난살천참의 동강난 시체를 끌어안고 솟구쳤다.

두 쪽으로 쪼개진 시체를 겨우 맞추었지만 피와 장기가 빠져나가 그 모습이 너무도 처참했다. 평생 무수한 사람을 동강내는 업보를 저지른 자의 비참한 최후였다.

사망혈삭은 난살천참의 시체를 쇠사슬로 묶어 가슴에 안았다.

"가자. 세상을 모조리 파헤쳐서라도 그 원수 새끼를 죽여 아우의 원혼을 달래줄 것이다."

암흑천붕은 비분에 찬 눈물을 뿌렸다.

"크으, 금마곡에서도 삼십 년을 버텨온 막내가 이런 꼴을 당하다니… 형님, 이 비통한 심정을 어찌한단 말이오?"

사망혈삭은 외눈을 통해 무시무시한 살기를 뿜어냈다.

"놈과 조금이라도 연관된 자들은 모조리 죽인다! 그것이 막내를 위한 복수다!"

호숫가로 올라선 무불악은 대 자로 누워 거친 숨을 몰아쉬
었다.

"후아후아… 겨우 살았군."

그는 몸을 일으켜 앉아 호수를 내려다보았다.

고기잡이배들과 화물을 실은 상선들이 유유히 호수 위를
미끄러지고 있었다.

"두 천마가 추격을 단념했나 보군. 하기는 날 추격하는 것
보다 장례가 우선이겠지."

무불악은 오대천마의 일인인 혈마를 자신의 손으로 죽였
다는 사실에 한껏 고무되었다.

"늙은이, 그러기에 왜 나한테 덤비냐고? 평생 남을 동강내
죽였으니 너도 온전하게 죽지 못한 거다."

그는 기분이 흐뭇했지만 마음 한구석으로 두려움이 조금 느
껴졌다. 혈마를 죽였으니 철마와 장마는 물론이고 독마와 검
마까지 강렬한 복수심에 자신을 죽이려 할 것이기 때문이다.

문득 구주파천을 떠올린 그는 벌떡 일어섰다.

"이럴 때가 아니다. 혈마가 죽었다는 소문이 퍼지기 전에
검마를 만나야겠어. 내가 혈마를 죽인 줄 알면 검마는 무조건
날 죽이려 들 테니까."

평소였다면 내상부터 치료할 그였지만 급한 상황을 인식
해 운공조식도 취하지 않고 몸을 날렸다.

"한 소저, 여기까지 어쩐 일이시오?"

백을천은 불패성 정문까지 달려 나와 한운지를 맞이했다.

한운지는 공손히 예를 표했다.

"연통도 없이 찾아와 죄송해요."

"당치 않소. 천기무화의 방문은 본 성의 영광이오. 자, 어서 들어갑시다."

백을천은 접견실로 한운지를 안내했다.

접견실로 들어선 백을천은 창문과 쪽문을 열어놓았다. 둘 사이의 친분은 널리 알려졌지만 아무래도 청춘남녀가 한방에 있는 것은 오해의 소지가 있기에 이를 해소하기 위함이었다.

백을천은 직접 차를 준비해 대접했다.

"무 형이 엄청난 공을 세웠다고 들었소. 역시 무 형은 당대의 영웅이었소."

"예, 덕분에 화운군주와의 지난 감정을 해소할 수 있어 다행입니다."

"의천오절을 추종하는 일부 열협들이 무 형을 무림공적으로 몰아세우려 했지만 이제는 그런 우려를 씻어도 되겠소. 화운군주를 구한 영웅을 악인으로 몰아세우면 강호의 모양새가 얼마나 우습겠소? 오히려 무 형의 공적을 높이 평가해 사해천악이라는 별호부터 바꾸어야 마땅할 것이오."

한운지는 온화한 미소를 머금었다.

"많은 사람들이 무 공자에 대해 나쁘게 평가하고 있는데 소성주는 무 공자를 당대의 영웅으로 인정하시는군요?"

"당연하지 않소? 천하에서 오대천마와 맞서 싸울 영웅이 몇이나 되겠소? 만일 금마곡의 악행만 없었다면 무 형은 진작부터 대협객으로 추앙을 받았을 것이오."

백을천의 지나친 우호에 오히려 한운지가 우려했다.

"소성주, 솔직히 무 공자에 대해서는 소녀도 장담할 수 없습니다. 자기중심적인 의지가 워낙 확고해 선악을 구분하기가 어렵습니다. 대악인은 아니지만 그렇다고 의협은 아닙니다. 소성주께서 친구처럼 대해주는 것은 좋은데… 훗날 배신감에 괴로워할까 그것이 걱정되는군요."

"무 형은 멀리서 보아야 그 진가를 알 수 있는 사람이오. 사소한 과오에 대해서는 무시할 생각이오."

"그리 생각해 주시니 소녀가 고맙습니다. 사실 무 공자는 외로운 사람이에요. 소성주가 친구가 돼주신다면 소녀도 안심이 됩니다."

"하하, 과연 내가 무 형의 친구가 될 자격이 있는지나 모르겠소. 하지만 노력할 것이오."

백을천은 한운지의 잔에 차를 채워주며 넌지시 물었다.

"한 소저, 소생에게 무슨 용건이 있어 오신 것이오?"

"사실 천풍무국에 대한 정보를 듣고자 찾아온 겁니다. 정말 송구해요."

"당치 않소. 자신의 안위보다 강호의 안녕과 대의를 추구하는 한 소저가 아니시오? 무 형에게 진 신세도 있으니 당연히 알려 드려야지요."

"천풍무국의 삼대봉공이라면 철마와 혈마, 그리고 장마를 말하나요?"

"그런 것으로 들었소."

"독마와 검마는 천풍무국과 무관한가요?"

"그들에 대한 정보는 천풍무국에서 입수되지 않았소."

"무 공자의 애기로는 국주가 여인이라 하더군요."

"그렇소. 천향무후라고 들었소. 하지만 천향무후라는 여인이 국주인지는 확실하지 않소. 천풍무국은 외성과 내성, 금성으로 분류돼 있어 정보 수집에 어려움이 많았소."

백을천은 천풍무국에 침투해서 보고 들었던 모든 정보를 숨김없이 말해주었다.

귀한 정보를 입수한 한운지가 몸을 일으켜 예를 표했다.

"애기 잘 들었습니다, 소성주. 항상 진심으로 대해주서서 더욱 고맙고요."

"한 소저, 화급을 다투는 일이 아니면 잠시 사부님을 뵙고 가시오."

"소녀로서는 영광이지만… 성주님께서 접견을 허락하실지

모르겠군요."

"당치 않소. 사부님께서도 기뻐하실 것이오."

건곤불패 엽운청은 정원을 손질하고 있다가 한운지를 맞이하였다.

"소녀 한운지가 존엄하신 성주님을 뵈옵니다."

한운지는 배례를 올리려 했지만 부드러운 진기가 감싸는 바람에 몸을 굽힐 수가 없었다.

엽운청은 온화한 웃음을 흘렸다.

"허허, 천둥성현 선배의 제자라면 본좌와 동배다. 본좌가 나이만 조금 더 먹었으니 그저 연장자를 대하는 예만 올리는 것으로 충분하다."

"당치 않습니다, 성주님."

"그리하여라. 네 절을 받는다면 본좌가 오히려 불편하다."

"예, 성주님."

한운지는 정중히 포권을 취하는 것으로 배례를 대신했다.

엽운청은 두 사람을 대동해 천천히 정원을 산책했다.

"을천의 보고를 들으니 오대천마보다는 천풍무국이란 존재가 마음에 걸린다. 저들의 배후를 전혀 모른다는 것이 고민이지."

"저들이 삼대천마를 수용했다면 마에 가깝습니다. 성주님께서는 쌍궁에서 지존들과 회동해 대응을 모색하셔야 할 것입니다.”

“독보검궁과 무적궁에서 응하기나 하겠느냐? 저들은 본 성과 천풍무국의 격돌을 내심 바라고 있을 텐데 말이다.”

“입술이 사라지면 이가 시린 법입니다. 남의 불행이 결코 자신의 이득일 수는 없습니다.”

“허허, 과연 천기무화다운 사고로다. 하지만 세상은 너의 아름다운 마음보다 훨씬 복잡하다.”

엽운청은 두 사람을 대동해 정자로 올랐다.

“풍문에 들으니 네가 남양왕부에서 막사검을 하사받았다고 하더구나?”

“예, 소녀에게는 과한 선물이었습니다.”

한운지는 엽운청의 속내를 헤아려 막사검을 뽑아 건넸다.

“확인해 보십시오.”

“이렇게 총명하니 천등 선배께서 너를 선택하셨구나.”

엽운청은 막사검을 뽑아 천천히 감상했다.

당대의 절대자라도 전설의 신검이기에 깊은 관심을 갖는 것은 당연했다. 전혀 관심이 없다면 그것이 오히려 의심스러울 일이었다.

엽운청은 연못 건너편의 소나무를 향해 가볍게 검을 그었다. 누렇게 변색된 솔가지가 베어 떨어졌다.

거리가 십 장도 넘었으며 검극에서 어떤 검기도 발출되지 않았는데 솔가지가 베어졌으니 무공이 아니라 신기였다.

한운지는 내심 놀라움을 금치 못했다.

'아, 무형검기!'

무형검기는 가히 어검술에 비견될 최상승절기다. 일설에 의하면 간단히 검을 긋는 것만으로 산악을 쪼갤 정도라 했지만 아직 그런 경지의 무형검기가 실현된 적은 없었다.

"허허, 과연 전설의 신검이로다. 덕분에 잘 보았다."

엽운청은 흡족한 미소를 띠고는 막사검을 검집에 꽂아 한운지에게 돌려주었다.

엽운청은 검을 돌려주면서 자연스럽게 한운지의 손을 살짝 쥐게 되었다.

싸늘한 냉기.

'아, 성주의 손이 이렇게 차갑다니!'

한운지는 너무도 차가운 손에 가슴이 덜컥 내려앉았지만 별반 내색하지 않고 목례를 취했다.

엽운청은 뒷짐을 지고 서며 연못을 감상했다.

"운지, 바쁘지 않으면 저녁이라도 함께 하자꾸나."

"송구합니다, 성주님. 소녀가 낙양을 들러 산서성 철마산까지 가야 하기에 이만 가봐야 합니다."

"산서성에는 왜?"

"확실치는 않지만 검마가 머물러 있다는 얘기를 들었습니다. 무불악 공자와 약조를 했기에 가봐야 합니다."

"검마?"

엽운청이 심각한 표정으로 돌아섰다.

"네 어찌 구주파천과 맞서려는 것이냐? 검마는 본좌나 독보신검만이 감당할 수 있는 최강의 마왕이다."

"당장 겨루겠다는 의도는 아닙니다."

"으음, 연유는 몰라도 너무 위험한 대면이다. 검마가 비록 포악무도한 악마는 아니지만 네가 천둥 선배의 제자인 것을 알면 가만두지 않을 것이다."

엽운청은 백을천에게 시선을 돌렸다.

"을천, 네가 천기무화를 경호해라. 네 목숨을 걸고 반드시 보호해야 할 것이다."

"알겠습니다, 사부님."

백을천은 한운지에게 동행을 청했다.

"한 소저, 사부님의 뜻을 받들게 해주시오."

한운지는 갑작스런 동행이 난처했지만 자신을 보호하려는 불패성주의 배려를 감히 거부할 수가 없었다.

"그럼 부탁드리겠습니다."

백을천은 한운지와 동행하는 것만으로 즐거운지 활기찬 모습으로 불패성을 나섰다.

한운지도 백을천과의 동행이 싫지는 않았지만 불패성주의 차가운 손이 계속 마음에 걸렸다.

손이 지나치게 차가운 것은 악을 가슴에 품고 있기 때문이라는 것이 정평이었다. 그러나 불패성주의 높은 명성이나 평생의 업적으로 판단한다면 그런 얘기는 속설로 넘겨야 했다.

'그저 체질 때문일 수 있어.'

한운지는 알 수 없는 불안감을 애써 흘려버렸다.

"소성주, 먼저 낙양의 천해문 지부부터 들러야겠어요."

3

산서성 철마산.

철마산 일대는 광산 지대로 유명한데, 특히 좋은 철이 많이 생산되기에 철광지로 명성이 높았다.

땅… 땅땅……!

철마산 전역에서는 어디를 가도 대장간에서 들려오는 망치질 소리를 들을 수 있다. 용로에서 갓 생산된 금철로 최상품의 철기를 제작해야 했기에 망치질 소리가 끊이지 않는다.

철기 중 상당수는 군에 납품되기에 상주 부대의 통제를 받아야 하지만 상인들의 막대한 뇌물을 받은 군병들은 사실상 밀거래를 방조했다.

덕분에 철마산 기슭에는 수백 개의 상점들이 늘어서서 마음대로 철기를 취급할 수 있었다.

거래되는 철기의 절반은 병기였고, 나머지는 농기구와 생활 도구였다. 수백 개 대장간에서 제작되는 철기의 생산물이 워낙 풍부하기에 철기의 가격은 비교적 싼 편이었다.

천하 각처에서 온 상인들은 수레와 마차마다 가득 철기를 싣고 상점 주인들과 가격을 협상하기에 바빴다.

"젠장, 쇳소리 때문에 정말 짜증이 나는군."

무불악은 철기 상점 거리를 지나치며 귀를 틀어막았다. 상점 뒤편에서 들려오는 망치질 소리가 여간 거슬리는 게 아니었다.

무불악은 아무 상점이나 찾아 들어가 대뜸 물었다.

"이곳에 혹시 검마 구주파천이라는 마왕이 있소?"

상점 주인은 물끄러미 그를 훑어보다가 시큰둥하게 대답했다.

"내가 여기서 십여 년째 장사를 하고 있지만 구주파천이라는 마검은 들어본 적이 없소. 병기가 필요하면 백병상회로 가 보시구려."

"이보슈, 난 병기를 사러 온 것이 아니라 사람을 찾으러 온……."

상점 주인은 무불악을 무시하고 빈 수레를 끌고 온 상인을 맞이했다.

"정 대인, 오랜만이오. 오늘은 좋은 물건이 많소."

무불악은 심기가 조금 틀어졌지만 그대로 상점을 나섰다.

"새끼, 예전 같았으면 벌써 죽었다."

예전에 비해 자신의 살기가 다소 완화된 것을 그는 전혀 깨닫지 못하고 있었다. 그저 기분 문제로만 여겼다.

철기 상점 거리는 오가는 수레와 마차로 인해 몹시 번잡했다. 한데 멀지 않은 곳에서 사람들이 모여 환호성을 지르고 있었다.

상점의 간판을 보니 잠시 전의 상점 주인이 언급했던 백병상회였다.

백병상회의 주인은 제법 무공을 수련했는지 체격이 건장했고 병기를 다루는 솜씨가 뛰어났다.

"자, 모두들 보시오. 우리 백병상회의 병기는 하나같이 명품이라 다른 병기와 확실하게 비교가 되오."

그는 손에 두 자루 검을 마주쳤다.

챙강!

오른손에 쥐고 있던 검이 대번에 동강나 버렸다.

"보셨소? 여기 건재한 병기가 바로 우리 백병상회에서만 구입할 수 있는 명품이오."

그러자 털보 무사가 앞으로 나섰다.

"그렇게 자신한다면 내 칼과 한번 겨뤄봅시다."

상점 주인은 유들유들하게 응수했다.

"손님, 공연히 칼을 상하게 될 것이오."

"만일 내 칼이 동강나면 당연히 칼을 한 자루 구입하겠소. 대신 주인장의 검이 동강나도 변상하라는 말은 마시오."

"그거야 당연하지만… 좋소. 한번 겨뤄봅시다."

두 사람은 힘껏 병기를 휘둘렀다.

챙강!

털보 무사의 칼이 그대로 동강났다.

지켜보던 사람들은 박수를 치며 환호했다.

"여어, 과연 대단하군!"

"역시 백병상회의 명품일세!"

"우리도 당장 구입하세나!"

상인들이 저마다 병기를 구입해 수레에 실었다. 개별적으로 병기를 구입한 무사들도 여럿 되었다.

한꺼번에 몰렸던 손님들이 빠져나가자 상점 주인은 희희낙락한 모습으로 은자를 헤아렸다.

이때 무불악이 다가서며 엄포를 놓았다.

"당신 사기꾼이지?"

상점 주인은 무불악을 쓸어보고는 퉁명스레 내뱉었다.

"지금 나한테 시비를 거는 거요?"

"당신이 사기를 쳤는지 안 쳤는지는 내 검과 부딪쳐 보면 알아."

"오라, 그러니까 우리 상점의 병기를 시험해 보시겠다?"

상점 주인은 보기에도 육중한 검을 집어 들었다.

"공연히 병기를 잃고 속상해하지 말고 꺼지시오."

무불악은 간장검을 뽑아 앞으로 내밀었다.

"만일 이 검을 동강낸다면 당신 상점의 병기를 모두 사겠소."

"큭, 그럴 돈이나 있는지 모르겠군."

상점 주인은 간장검을 향해 육중한 검을 내려쳤다. 쇳소리와 함께 동강난 것은 상점 주인의 검이었다.

"허억?"

안색이 싹 변한 상점 주인은 크게 당황했다.

"이… 이럴 리가 없는데?"

무불악은 조소를 머금으며 빈정거렸다.

"것 봐. 사기였잖아?"

"아니오! 내가 병기를 잘못 골랐소."

상점 안으로 들어간 주인은 칼을 한 자루 들고 나왔다.

"한 번 더 겨뤄봅시다."

"좋을 대로."

"후회 마시오."

상점 주인은 간장검을 향해 칼을 내려쳤다. 역시 마찬가지였다. 칼의 단면이 너무 깨끗했다.

상점 주인은 비로소 무불악이 지닌 검이 예사 병기가 아님을 눈치 챘다. 하지만 그도 자부심이 있기에 쉽게 굴복하지 않았다.

"잠깐 기다리시오. 우리 상점 최강의 병기를 가져오겠소."

상점으로 들어간 주인은 제대로 날도 서 있지 않은 거무튀

튀한 검을 들고 나왔다.

"이 검이라면 상대가 될 거요."

상점 주인은 기합까지 외쳐 가며 힘껏 검을 내려쳤다.

챙강!

결과는 마찬가지였다.

상점 주인은 넋이 나간 모습으로 동강난 거무튀튀한 검과 간장검을 번갈아 보았다.

"이… 이럴 수는 없소."

상점 주인은 무불악을 상점 안으로 이끌었다.

"손님, 잠시 안으로 드시오."

무불악을 자리에 앉힌 상점 주인이 차를 내왔다.

"잠시 검을 볼 수 있겠소?"

"그러시오."

무불악이 간장검을 내주자 상점 주인은 검을 세심하게 살피고는 입을 다물지 못했다.

"이럴 수가! 세상에 이런 신검이 다 있다니! 이렇듯 완벽한 검은 처음 봅니다!"

상점 주인은 상인 특유의 공손한 태도를 취했다.

"값을 말씀해 보시구려. 은자 천 냥이면 되겠소?"

"팔 물건이 아니오."

"좋소. 은자 이천 냥을 드리리다."

"됐다니까."

무불악은 간장검을 받아 검집에 꽂았다.

"백병상회의 모든 병기가 강한 병기일 수는 없을 테고, 주인장이 사람들에게 과시한 병기가 유난히 강한 것 같은데 그것은 어느 대장간에서 구했소?"

상점 주인은 자신의 약점이 거론되자 목을 잔뜩 움츠렸다.

"소, 손님께서는 그것을 어떻게 아셨소?"

"주인장은 내 질문에 솔직하게 대답하기나 하슈. 그렇지 않다면 사기꾼으로 소문낼 테니까."

"사, 사실 사기는 아니오. 우리 상회의 병기가 조금 강한 것은 사실이니까."

"그렇다면 다시 사람들 모아놓고 내 병기와 부딪쳐 볼까?"

"아이고, 손님. 왜 이러시오? 그랬다가는 우리 백병상회는 끝장이오."

"그러니까 솔직하게 대답하란 말이오. 내가 한 사람을 찾고 있소. 검마 구주파천이라는 당대 최고의 마왕인데 이곳 철마산에 머물러 있다고 하였소. 들어본 적 있소?"

상점 주인은 머리를 긁적거렸다.

"대체 누구를 말하는지 모르겠군. 그렇듯 무서운 마왕이 왜 이런 곳에 있겠소? 철마산에는 대장장이나 광부들만 득실대는 곳인데."

"내 생각에는 대장장이가 되어 신분을 숨긴 것 같소."

"철마산의 대장간은 삼백 곳이나 되오. 대장장이만 해도 천 명을 훨씬 넘으며 그들의 본명과 신분은 대부분 알려져 있지 않소. 오랜 세월 쇠를 두드리다 보니 상당수가 귀가 멀었고 또 글도 모르기에 의사소통이 전혀 되지 않소."

"마왕이 대장장이로 변신했다면 알아낼 수 있는 방법이 전혀 없지는 않지."

자리에서 일어선 무불악은 진열된 병기를 두루 살폈다.

"이 상점에는 모든 대장간에서 제작된 병기들을 취급하고 있소?"

"그렇지는 않소. 하지만 병기 제작에 능한 대장간에서 제작된 병기는 취급하는 편이오."

"주인장이 과시했던 강병기는 어느 대장간에서 제작된 것이오?"

"삼우 대장간인데 형제 셋이 모두 대장장이요."

"그곳은 아니로군."

무불악은 진열대를 두루 살피다가 한쪽 구석에 처박혀 있는 녹슨 검을 발견했다.

손잡이도 제대로 형성돼 있지 않았고 날도 전혀 서 있지 않아 제작 도중에 버린 것으로 짐작되었다.

무불악은 녹슨 검을 세심하게 살피고는 물었다.

"이 검은 어느 대장간에서 제작된 거요?"

"어라, 그런 고철이 왜 우리 가게에 있지?"

상점 주인은 녹슨 검을 잠시 살피다가 무릎을 쳤다.

"아, 두어 달 전인가 웬 늙은이가 가져와 사달라고 하기에 밥값으로 몇 푼 준 적이 있소. 사실 철마산에는 명품을 제작하겠다는 미친 대장장이가 여럿 있는데, 그들이 가져오는 물건은 그냥 사주는 게 이곳 상점의 관례요. 드물지만 진짜 명품 제작에 성공하는 경우가 있기 때문이오."

"그 늙은이 이름이 뭐요?"

"이름까지 기억하지는 못하는데… 맞아, 그 검을 본 전병 상회 주인의 말로는 치로(痴老)라고 하였소."

"치로?"

"철마산 깊은 산중에서 혼자 대장간을 운영하고 있는데 오로지 검만 제작한다고 하였소. 아직 완성품은 본 적이 없다고 합디다."

"그 대장간은 어디에 있소?"

상점 주인이 떨떠름한 표정을 지었다.

"상당수 대장간들은 어디에 처박혀 있는지 우리도 잘 모르오."

"알겠소. 이 검은 잘 보관하고 있다가 어떤 절세가인이 찾아오면 보여주고 내게 말한 대로 전하시오."

"절세가인이라면?"

"양 볼에 상흔이 새겨져 있으니 한눈에 알아볼 수 있을 거요. 여인의 별호가 천기무화요. 심성이 고운 여인이니 말만 잘 전하면 후한 보상을 받게 될 것이오."

무불악은 곧바로 상점을 나섰다.

그는 광석 채취로 온통 파헤쳐진 철마산을 쓸어보았다.

"일인 대장간이라… 발품 좀 팔아야겠군."

그가 잠시 전 상점에서 찾아낸 녹슨 장검은 여느 병기와 남달랐다. 비록 녹이 슬어 있지만 서려 있는 기운이 일반 철기와 확연히 구분되었다.

검마의 작품인지는 확실치 않지만 평범한 대장장이의 작품은 아니었다.

무불악은 광산 지대를 향해 훌쩍 몸을 날렸다.

"젠장, 이거 만나도 걱정인데……."

第二十六章
죽기 아니면 까무러치기

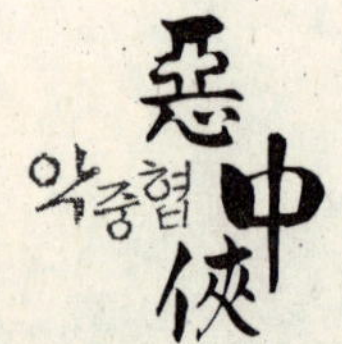

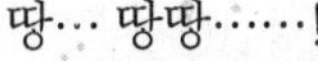

1

땅… 땅땅……!

망치질 소리가 경쾌하다.

철마산을 두루 다니면서 대장간을 수색하던 무불악은 남다른 망치질 소리에 귀가 번쩍 틔었다.

"어라, 이건 망치질 소리가 조금 다른데?"

그는 철제 기둥을 얼기설기 세워 만든 허름한 대장간으로 들어섰다.

달군 쇠를 두드리고 있는 대장장이는 봉두난발에 수염이 텁수룩했다. 하지만 어깨가 드러난 민소매 옷 밖으로 드러난 우람한 근육과 팽팽한 피부로 미루어 청년으로 짐작되었다.

쇠를 두드리는 소리가 요란했기에 대장장이는 누가 들어섰는지도 모르고 있었다.

무불악이 어깨를 두드려 주자 비로소 대장장이는 망치질을 멈추고 고개를 돌렸다. 불똥이 튀어서인지 머리카락이며 텁수룩한 수염이 온통 그을려 있었다.

"망치질 소리가 제법이군. 혹시 이 근처에 치로라는 대장장이가 있소?"

대장장이는 눈을 끔뻑이다가 자신의 귀와 입을 가리켰다.

귀머거리였던 것이다. 사람이 귀를 먹으면 자연히 벙어리가 되니 듣지도 못하고 말하지도 못하는 상황이 된다.

"치로 몰라?"

무불악은 쇠꼬챙이로 바닥에 글자를 썼다. 하지만 대장장이는 까막눈인지 손사래부터 쳤다.

무불악은 쓴 입맛을 다시며 몸을 돌렸다.

"염병, 말도 못해 글도 모른다면 짐승과 다름없잖아?"

이때 대장장이가 달려들며 무불악이 허리춤에 차고 있는 간장검을 덥석 쥐었다.

"어버버!"

무불악은 대장장이가 자신의 검을 빼앗으려는 줄 알고 한 방 갈겼다.

"뒈지고 싶으냐?"

대장장이는 비명을 지르며 장작더미 속에 처박혔다.

장작더미를 헤치고 나온 대장장이가 무불악 앞에 무릎을 꿇으며 두 손을 흔들었다. 딴마음이 없다는 표시였다.

무불악은 팔짱을 낀 채 대장장이를 내려다보았다.

"이 짐승아, 네가 감히 내 검을 뺏으려고 해?"

"어… 어버……."

대장장이는 간곡한 눈빛으로 간장검을 가리키며 손을 빌었다.

무불악은 대충 대장장이의 속내를 알아챘다.

"뭐야, 내 검을 보여달라는 거냐?"

무불악은 상대를 짐승처럼 취급했기에 같잖았지만 그래도 자신의 신검을 알아보았다는 점을 높이 평가했다.

"자식, 명색이 대장장이라고 보는 눈은 있군.."

무불악은 간장검을 뽑아 대장장이에게 건넸다.

스르릉……!

조심스럽게 검을 뽑아 든 대장장이는 감격에 젖어 입을 다물지 못했다. 검날을 어루만지자 워낙 예리했기에 손이 베이며 피가 흘렀다. 하지만 검신에는 전혀 피가 묻지 않았다.

대장장이는 간장검의 손잡이서부터 검극까지 세심하게 살피고는 감격의 눈물까지 흘렸다.

무불악은 대장장이의 그런 모습에서 약간의 감동을 느꼈다.

'오직 쇠만 다루는 무지한 자도 신검을 알아보고 이렇게

감격하다니. 간장검을 보다 소중하게 다뤄야겠군.'

대장장이는 조심스럽게 검을 꽂고는 무불악에게 돌려주었다. 그는 감사의 보답으로 연신 절을 올렸다.

무불악은 상대를 통해 어떤 단서도 얻을 수 없다는 게 답답했다.

"많지 않은 나이에 이만한 안목을 지니기는 쉽지 않다. 누군가에게 사사를 한 게 분명한데……."

그는 잠시 생각하다가 망치를 들고 쇠를 두드리는 모습을 연출하고는 자신의 간장검을 가리켰다.

그 의미를 헤아렸는지 대장장이는 크게 고개를 끄덕이고는 무불악과 함께 대장간 밖으로 나섰다.

대장장이는 두 개의 능선이 교차하는 계곡을 가리켰다.

"어버버……."

무슨 말인지 알 수 없지만 계곡을 향해 공손하게 예를 표하는 태도로 미루어 섬기는 사람의 소재로 생각되었다.

무불악은 대장장이의 어깨를 다독여 주었다.

"알겠다. 들어가서 망치질이나 마저 해."

그는 훌쩍 몸을 날려 계곡으로 향했다.

땅… 땅땅……!

벼랑 아래의 돌집에서 망치질 소리가 들려오고 있었다.

마당에 가득한 광석과 장작더미, 돌집 위로 솟은 높은 굴뚝으로 미루어 대장간이 확실했다.

"계슈!"

무불악은 성큼성큼 대장간으로 향했다.

쇠를 두드리는 망치질 소리가 벙어리 대장장이의 망치질 소리와 유사했다.

"녀석한테 담금질을 가르친 사부쯤 되겠군. 검마라면 좋을 텐데……."

무불악은 거적문을 밀치고 안으로 들어섰다.

늙은 대장장이가 달군 쇠를 담금질하고 있었다. 키는 다소 큰 편인데 해골처럼 바싹 말라 망치를 쥔 손목이 금세라도 부러질 것처럼 보였다.

늙은 새끼줄로 장발을 동여맸는데 구멍이 숭숭 뚫린 허름한 옷차림이라 보기에도 안쓰러웠다.

"영감, 나 좀 봅시다!"

무불악이 크게 외쳤지만 늙은 대장장이는 여전히 쇠를 두드리기만 했다.

무불악은 짜증스런 표정으로 머리를 긁적거렸다.

"이 늙은이도 귀머거리인가 보군. 백병상회 주인 말대로 상당수 대장장이들이 귀머거리야."

검마 구주파천이 귀머거리라는 얘기를 들은 적이 없으니 늙은 대장장이가 검마일 수는 없었다.

무불악은 허탈한 심정으로 돌아서려다 문득 떠오르는 게

있어 대장간 안을 둘러보았다.

병기대에는 제작 중인 크고 작은 검들이 진열돼 있는데 완성품은 보이지 않았다. 병기 일부는 동강난 채 화덕 주변에 널브러져 있었다.

무불악은 진열대에서 한 자루 쇠막대를 집어 들었다.

몇 번은 더 담금질을 거쳐야 검의 형상을 갖출 수 있기에 아직은 쇠막대에 불과했다. 쇠막대를 살핀 무불악은 가볍게 미간을 찌푸렸다.

'백병상점에서 보았던 녹슨 장검과 분위기가 유사하군. 뭔지는 몰라도 예사 솜씨는 아닌 게 확실해.'

무불악은 늙은 대장장이 옆으로 쇠막대를 집어 던졌다.

비로소 외부인의 존재를 알았는지 늙은 대장장이가 고개를 돌렸다.

깡마른 얼굴은 주름으로 가득했다. 무심할 정도로 잔잔한 눈빛은 혹시 장님이 아닌지 착각할 정도였다.

늙은 대장장이는 무불악을 한 번 훑어보고는 달궈진 쇠를 집게로 집어 찬물에 담갔다.

치이익……!

무불악은 상대로부터 마기를 전혀 감지하지 못하자 적이 실망했다.

'확실히 검마는 아니야. 검마라면 최강의 마왕인데 이렇듯 마기를 감쪽같이 숨길 수 있겠어?

하지만 왠지 모를 의구심을 떨칠 수가 없었다.

무불악은 잠시 고심하다가 늙은 대장장이의 등을 향해 살인비기를 발출했다.

번—쩍!

혈영자가 남긴 양대 살인비기 중 하나인 전광삼분참이었다. 두 줄기 검기가 늙은 대장장이의 뒷덜미와 허리로 파고들었다.

만일 상대가 숨은 고수라면 반사적으로 방어를 할 수밖에 없는 상황이었다. 그러나 늙은 대장장이는 전혀 감지하지 못한 채 다시 담금질을 하기 위해 망치를 집어 들었다.

무불악은 급히 검을 회수했다.

"젠장, 정말 아니란 말인가?"

나름대로 기대를 했던 터라 맥이 쭉 빠졌다.

무불악은 마지막 시도로 쇠 받침대 위에 간장검을 내려놓았다. 늙은 대장장이의 반응을 보기 위함이었다.

담금질을 하려던 늙은 대장장이는 흠칫하며 망치를 내던지고 간장검을 집어 들었다. 그의 무심한 눈에 처음으로 생기 어린 눈빛이 피어올랐다.

"간장검……?"

쉰 듯한 음성이지만 분명 사람의 음성이었다.

무불악은 공연히 속았다는 생각에 바싹 다가서며 다그쳤다.

“뭐야, 멀쩡하잖아? 한데 왜 벙어리 행세를 한 것이오?”

늙은 대장장이는 간장검을 어루만지며 감회 어린 눈빛을 발했다.

“전설이 결코 허언이 아니로군. 과연 세상에 다시없을 신검이로다.”

무불악은 계속 무시를 당하자 부아가 치밀었다.

“영감, 내 말이 말 같지 않아? 영감이 혹시 치로요?”

늙은 대장장이는 무불악에게 간장검을 돌려주었다.

“전설의 신검을 견식시켜 준 보답으로 한 번만 답변해 주겠다.”

“뭐, 뭐야?”

간장검을 받아 든 무불악은 등줄기가 서늘해지는 한기를 느끼며 급히 뒤로 물러섰다.

“당, 당신이 설마… 검마 구주파천?”

늙은 대장장이는 화덕 앞에 놓인 의자에 앉아 발로 풀무질을 했다.

“노부의 신분을 확인하고 싶은 것이냐?”

무불악은 바싹 긴장했다.

‘맙소사! 이 늙은 대장장이가 검마 구주파천일 줄이야!’

늙은 대장장이가 아직 자신의 신분을 밝히지 않았지만 무불악은 느낌으로 짐작했다. 적어도 대장간 내의 공기가 달라졌고 늙은 대장장이의 말투를 감안한다면 검마일 가능성이 아주 높았다.

어떻게 대처할 것인가.

싸우고 싶은 마음은 추호도 없었다. 물론 본능적인 호승심 때문에 한 번 겨루고 싶은 마음이 전혀 없는 것은 아니지만 목숨을 걸면서까지 승부를 벌여야 할 이유가 없었다.

금마곡의 절진을 파훼한 자의 신분만 알아낼 수 있다면 충분했다.

'그래, 싸우지 않고 놈의 정체를 파악할 수 있다면 최선이다. 검마가 생각만큼 잔악무도하지는 않은 것 같군. 하기는 어쭙잖은 놈들이나 혈마입네 살마입네 하며 설쳐 대지, 극마 지경에 이른 진정한 대마왕은 살인도 함부로 하지 않는다고 했다.'

무불악은 상대의 신분을 감안해 포권을 했다.

"나는 무불악이라 하오. 내 원수를 검마 선배가 알고 있는 것 같아 수천 리 길을 찾아왔소. 이런 성의를 감안해 솔직하게 답변해 주시오."

"……."

"금마곡에 침투해 금라무회대진을 파훼한 놈에 대해 알고 싶소. 대체 어떤 놈이오?"

일순 늙은 대장장이의 눈에서 무시무시한 광채가 뿜어졌다. 눈빛만으로 사람을 죽일 그런 강렬한 안광이었다.

무불악은 가슴이 덜컥 내려앉았다.

"지… 지금 나를 죽이려는 것이오?"

늙은 대장장이는 나직이 탄식하며 무시무시한 안광을 해소했다.

"네놈이 내 오랜 수양을 깨뜨렸다. 내가 무극지경에는 결코 오르지 못할 것 같구나."

늙은 대장장이가 몸을 일으키자 무불악은 마치 산악이 짓누르는 듯한 압박감을 느껴야 했다. 바위처럼 거대한 체구의 철마보다 더한 위압감이었다.

무불악은 압박감을 견디지 못하고 대장간을 뛰쳐나갔다.

"일단 나오시오!"

늙은 대장장이가 어슬렁어슬렁 밖으로 나섰다.

무불악은 광명구양신공을 운기해 몸을 보호했다. 그는 언제라도 검법을 펼치기 위해 검을 굳게 쥐었다.

"검마 구주파천! 당세의 대마왕인 검마가 확실하군."

"네가 무불악이라 했더냐?"

"그렇소."

"노부가 검마임을 시인하겠다."

검마 구주파천!

그가 백 년 이래 최강의 고수라는 사실에는 천하인 대부분이 인정한다. 만일 그가 금마곡에 갇히는 수모를 겪지 않았다면 역대 최강의 마왕으로 군림했을 것이다.

금마곡을 탈출한 이래 전혀 모습을 드러내지 않은 그가 철마산에서 대장장이로 지냈다는 것은 누구도 예상치 못한 변신이었다.

늙은 대장장이가 구주파천임을 시인하자 무불악은 본능적인 공포에 숨이 막혔다.

'과연 최강의 마왕답군. 내가 상대했던 삼대천마와는 차원이 다르다. 하지만 나도 혈마를 죽인 절세고수다. 너무 주눅들 필요가 없어.'

무불악은 깊이 숨을 들이켜고는 어깨를 폈다.

"검마 선배, 개과천선해서 대장장이로 살아가고 있다니 정말 다행이오. 선배의 정체에 대해서는 죽을 때까지 입을 다물겠소."

"죽은 자만이 비밀을 지킬 수 있다."

"뭐, 뭐요?"

무불악이 뒤로 물러서려 하자 구주파천이 차갑게 내뱉었다.

"한 발자국이라도 옮기면 네놈의 목을 날려 버리겠다."

무시무시한 협박에 무불악은 잠시 갈등했다.

'한 번 겨뤄봐? 독보신검의 기검도 막아낸 나잖아? 아니, 경거망동할 것 없다. 굳이 상대를 자극할 필요는 없지.'

무불악은 검을 쥔 손을 놓고 당당히 구주파천을 마주 응시했다.

"검 선배, 내가 그렇게 만만한 놈은 아니오. 하지만 굳이 검 선배와 싸울 이유가 없으니 대화로 해결하고 싶소.”

구주파천은 무심한 눈빛으로 그를 훑어보았다.

“노부 앞에서 너처럼 무례한 놈은 없었다. 천등성현이나 의천오절도 최소한 예의를 갖추었다.”

“당세의 대마왕이 예의를 논한다니 우습지 않소?”

“지극히 무지한 놈이로군. 대체 네 사문이 어찌 되느냐?”

“별 볼일 없소. 검 선배가 금마곡에 갇힌 후 세상에 알려진 사람이니 말해줘도 모를 거요.”

그러자 구주파천이 가볍게 손을 내리그었다.

“허억?”

무불악은 급히 검을 뽑아 들고 검기를 발출해 몸을 보호했다.

차— 차차창!

잇단 금속성이 터지는 가운데 무불악은 삼 장 밖으로 튕겨져 나갔다. 내상을 입었는지 입가를 타고 붉은 피가 배어 나왔다.

“니미, 치사하게 기습을!”

무불악은 광명구양신공을 운기해 간장검에 주입시켰다.

“좋아, 한 번 겨뤄보자고! 내가 그렇게 녹록한 사람인 줄 알아?”

구주파천은 다소 놀란 눈빛으로 그를 직시했다.

“아니, 네놈이 어떻게 은하검존과 광명천왕의 무공을 구사하는 것이냐?"

"어떻게 알겠어? 배웠으니까 알지?"

"하면 네놈이 의천오절의 후계자란 말이냐?"

빠르게 생각을 굴린 무불악은 간장검을 회수했다.

"검 선배, 서로가 물어볼 게 많으니 우리 한 가지씩 물어보기로 합시다."

"참으로 고약한 놈이로다. 노부가 누구인지 알면서 감히 맞상대를 하겠다는 것이냐?"

"좋소. 내가 알고 싶은 것은 한 가지뿐이니 그것만 밝혀준다면 나도 사실대로 말해주겠소."

"먼저 네놈의 내력부터 밝혀라. 그리한다면 네가 알고자 하는 것을 말해주겠다."

"검 선배가 지적한 대로 나는 의천무경을 수련했소. 의천무경은 천둥성현이 의천오절의 절기를 융합해 창안한 최고의 무공비급이오."

구주파천은 짙은 의혹을 발했다.

"하면 네놈이 천둥성현의 제자란 말이냐?"

"절대 아니오. 천둥성현의 의발전인은 천기무화라는 여인이오. 이름은 한운지라 하는데 당대 최고의 여협이오."

"그렇겠지. 천둥성현이 말년에 노망이 들지 않는 한 너 같은 놈을 제자로 삼지는 않았을 것이다."

"젠장, 사람을 완전히 졸로 보는군."

　무불악은 구시렁거리다가 얘기를 계속했다.

　"천기무화는 여인의 몸이다 보니 의천무경을 수련하는 데 애로가 많아 내게 전수해 주었소. 의천무경의 절기를 터득해 오대천마를 제압해 달라는 것이 천기무화의 부탁이었소."

　"네놈이 감히 우리 오대천마를 제압하겠다고? 어쨌든 솔직한 답변인 것 같구나."

　"자, 이제는 검 선배가 밝혀주어야 할 차례요. 금마곡에 침투해 절진을 파훼한 자가 대체 누구요?"

　"그자가 네 원수란 말이냐?"

　"그게… 확실치 않지만 천맹상인이 추정했으니 가히 틀리지는 않을 것이오."

　구주파천은 가볍게 미간을 찌푸렸다.

　"천맹상인? 혹시 천문상인을 말하는 것이냐?"

　"본래 천문상인이 맞소. 하지만 실명한 이후 천맹상인으로 불리게 되었소. 쓸데없는 소리 말고 어서 놈에 대해서나 밝히시오."

　무불악이 짜증스럽게 다그치자 구주파천은 섭물진기를 발출해 녹슨 쇠막대를 하나 손에 쥐었다.

　"네놈이 정말 버르장머리가 없구나. 그자에 대해 일러주기 전에 노부의 일초를 받아보아라."

　"뭐, 뭐요? 이거 얘기가 틀리지 않소?"

“틀린 것은 없다. 노부가 조건을 말하는 것을 깜빡했을 뿐이다. 네가 노부의 일검을 제대로 받아내야 그자에 대해 말해줄 것이다.”

무불악의 표정이 잔뜩 구겨졌다.

“검마 선배, 낫살이나 먹은 양반이 손자뻘 되는 사람한테 사기를 친단 말이오?”

“닥치고 어서 검을 뽑아라. 네놈이 의천무경을 수련했다면 노부의 일초는 충분히 받아낼 수 있을 것이다.”

“못 받으면… 어찌 되는 것이오?”

“죽거나 병신이 되겠지.”

“그… 그만두겠소. 원수에 대한 단서는 달리 찾아보겠소.”

“네게는 선택의 기회가 없다.”

구주파천은 녹슨 쇠막대로 무불악을 겨누었다.

“노부가 장담컨대 넌 절대 달아날 수 없다. 십 장을 벗어나기 전에 내 검에 죽게 될 것이다. 하지만 네가 전력을 다해 노부의 일검을 받아낸다면 살 가능성은 있다.”

“……”

무불악은 사나운 눈빛으로 구주파천을 직시하다가 간장검을 뽑아 들었다.

“사람 너무 우습게보는군. 독보신검의 기검도 막아낸 내가 마왕의 일검을 받지 못할 이유가 없지.”

“독보신검? 혹시 독보검궁의 수괴를 말하는 것이냐?”

"그렇소. 우내삼기보다 강한 고수임을 내가 보증할 수 있소."

"네가 독보신검과 겨룬 적이 있다면 간접적인 대결이 되겠구나. 자, 혼신의 힘을 다해 공격해라. 노부의 검법은 워낙 파괴적이라 네 능력이 부족하면 죽을 수밖에 없을 것이다."

무불악은 거칠게 내뱉었다.

"겁주지 마슈. 누가 죽을지는 겨뤄봐야 아니까."

말은 그리했지만 검을 뽑기가 두렵다. 그러나 상대는 당세의 대마왕이기에 자비를 기대할 수 없다.

간장검을 두 손으로 거머쥔 무불악은 최고조의 광명구양신공을 검극에 주입시켰다.

그는 독보신검과의 대결을 상기하며 스스로를 다졌다.

'그래, 독보신검과도 겨룬 나다. 구주파천의 마검이 아무리 강력해도 독보신검보다 월등하게 강할 수는 없다. 그동안 내 성취가 높아졌으니 충분히 겨룰 수 있다.'

무불악은 한껏 자신감을 주입시키고는 신검합일로 승부를 걸었다.

혈마를 두 쪽으로 가른 상승검법.

"차앗!"

힘찬 기합성이 터지는 순간 찬란한 광휘가 사위로 확산되었다.

번―쩍!

검신합일을 이룬 무불악은 한 덩이 불꽃으로 화해 구주파천을 향해 날아갔다. 전력을 다한 공격이었기에 가히 산악을 관통할 기세였다.

구주파천은 눈썹을 슬쩍 치켜 올렸다.

"제법이구나."

그는 녹슨 쇠막대를 가볍게 휘둘렀다.

일순 수백 수천 개의 검형이 형성되며 일시에 내리꽂혔다. 마치 수천 개의 번갯불이 일시에 작렬하는 듯 폭풍과 섬광이 대지를 휩쓸었다.

세상의 빛이 차단된 듯한 암흑.

순간적으로 구주파천의 존재를 놓친 무불악은 가슴이 덜컥 내려앉았다. 찰나지간 그의 뇌리 속으로 수백 가지의 상념이 복잡하게 뒤엉켰다.

신검합일을 해소하며 비행술을 전개해 도주할 생각도 잠시 품었다. 그러다 구주파천의 준엄한 경고를 상기하며 정면 승부를 고수했다.

'그래, 죽기 아니면 까무러치기다!'

무불악은 그대로 암흑을 관통했다.

콰—콰쾅—!

섬광이 교차하며 엄청난 폭음이 철마산 전체를 진동시켰다.

바닥으로 수백 개의 구덩이가 패었고 구주파천의 대장간은 흔적도 없이 사라졌다. 삼십 장 밖의 벼랑이 붕괴되었으며 오십 장 밖의 수림이 파괴되었다.

"크으흑!"

답답한 신음이 흐르는 가운데 무불악은 무려 십 장이나 팅겨져 돌무더기 속으로 처박혔다. 광명구양신공 덕분에 전신이 토막나는 참극은 모면했지만 내외상이 극심했다.

무불악은 피를 울컥울컥 쏟았다.

"젠장… 이럴 수는 없어… 이렇게 강할 줄이야."

그는 어떻게든 몸을 일으키려 했지만 경락이 손상됐는지 숨을 쉬는 것조차 힘겨웠다.

구주파천이 어슬렁어슬렁 걸음을 옮겨 무불악 옆으로 다가섰다.

"죽지는 않았구나."

"무… 물론이지. 세상 누구도… 나를 일초에는… 못 죽여."

"조금은 실망이구나. 의천오절의 절기를 계승한 놈이 고작 이 정도란 말이냐?"

"제기, 공력이 부족한 것을… 어쩌란 말이오?"

"그렇구나. 충분히 이해가 된다."

"이제… 말해주시오. 절진을 파훼한 놈이… 대체 누구요?"

구주파천은 녹슨 쇠막대를 기울여 무불악을 겨누었다.

"네놈은 노부의 일초를 감당하지 못했지 않느냐? 너는 자격이 없다. 오히려 징계를 받아야 한다."

“징계라니… 그건 또 뭔 소리요?”

“노부와 대결해 패한 자들은 대부분 죽었다. 죽이기 아까운 자들은 징계를 가하고 살려주었지.”

구주파천은 쇠막대로 무불악의 왼손을 가볍게 쳤다.

“크윽!”

무불악은 불에 달군 쇠로 지져진 듯한 고통을 느끼며 왼손을 살펴보았다.

약지와 새끼손가락.

두 개의 손가락이 잘려 나간 손이 피로 붉게 물들고 있었다.

무불악은 고통보다 치욕에 이를 부득 갈았다.

“검마 영감, 감히 내 손가락을 잘라?”

“네놈의 고약한 혓바닥을 잘라주고 싶지만 네가 의천무경의 계승자이기에 아주 가벼운 징계를 내린 것이다.”

“당신… 이러고도 제명에 살 것 같아?”

“허헛, 그놈의 혓바닥은 여전하구나?”

구주파천은 품속에서 작은 상자를 꺼내 바닥에 던졌다.

“독마 아우가 제조한 백독신단(百毒神丹)이다. 이독제독으로 독성을 법제했기에 천년삼왕에 버금갈 약효를 지녔다. 백독신단을 복용하면 부상 치료는 물론이고 공력도 급증할 것이다. 웬만한 독도 저절로 해독할 수 있지.”

“내가 그따위 말에 속을 것 같아?”

"마음대로 생각해라."

구주파천은 뒷짐을 진 채 어슬렁어슬렁 걸음을 옮겼다.

"금라무회대진을 파훼한 자에 대해 알고 싶다면 노부에게 다시 도전해라. 노부의 일검을 제대로 받아낸다면 그때 말해 주겠다."

보기에는 아주 느렸지만 몇 걸음 내디디는 사이에 구주파 천은 연기처럼 사라져 버렸다.

"크으… 완전 개망신이로군."

무불악은 소매를 찢어 손가락이 잘려 나간 왼손을 둘둘 감았다.

"구주파천, 어디 두고 보자!"

겨우 몸을 일으켜 앉은 무불악은 구주파천이 남기고 간 상자를 보았다. 정교한 문양이 새겨진 팔각형 상자였다. 상자를 집어 열어보니 밀랍에 싸인 환약이 들어 있었다.

무불악은 신경질적으로 상자를 내던졌다.

"고약한 노마, 누구를 바보로 아는 거냐? 독단을 먹여 나를 고통스럽게 죽일 생각이잖아?"

무불악은 겨우 가부좌를 틀고 앉아 광명구양신공을 운기했다. 한데 경락이 다쳤는지 진기를 일주천 순환시킬 수가 없었다.

그는 비로소 자신이 심각한 내상을 당했음을 깨달았다.

내상을 치료하기 위해서는 영약이 필요하며 제때 치료하

지 못하면 내공이 급감하거나 불구자가 될 수도 있는 상황이었다.

무불악은 내던진 백독신단 쪽으로 시선을 돌렸다.

"독단인데… 정말 괜찮을까?"

상대가 마왕이다 보니 당최 믿을 수가 없지만 지금 상황에서는 수용할 수밖에 없었다.

"그래, 천하의 대마왕이 설마 나를 독살시키려 하겠어?"

무불악은 바닥을 기어 백독신단을 손에 쥐었다.

밀랍을 벗겨내자 비릿한 냄새가 코를 찔렀다. 검푸른 색깔이며 고약한 냄새가 도무지 영약으로는 생각되지 않았다.

잠시 고민하던 무불악은 눈 딱 감고 백독신단을 입에 넣었다.

"욱……!"

구토가 나올 만큼 맛이 고약했다.

무불악은 비린내를 참고 가부좌를 틀고 앉았다.

뱃속으로 흘러들어 간 백독신단이 체내로 흡수되면서 출혈이 빠른 속도로 줄어들었다. 부상의 고통도 현저하게 감소되었다.

"이것 봐라? 노마가 사기 친 것은 아니로군."

무불악은 천천히 진기를 운행시켜 보았다.

경락이 손상된 부위에서 다소 통증이 느껴졌지만 뜨거운 열기가 뒷받침되면서 진기가 순환되었다.

"후우, 됐어. 반병신이 되지는 않겠구나."

몸을 일으킨 그는 운공조식을 취할 장소를 찾아 나섰다.

비록 손가락 두 개가 잘리는 치욕적인 수모를 당했지만 구주파천과 맞서 싸워 죽지 않았으니 그 자체만으로 천하를 진동시킬 대사건이었다.

무불악은 세 손가락만 남은 왼손을 감싸 쥐었다.

"염병, 앞으로는 팔지천악(八指天惡)으로 불리겠군."

第二十七章
네가 죽어야 하는 이유

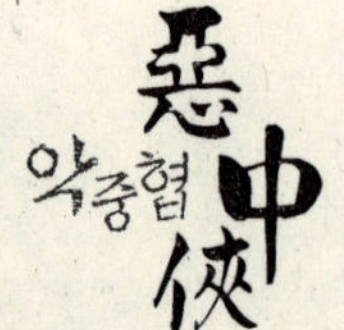

1

　낙양에 당도한 한운지와 백을천은 복도를 사이에 두고 마주 보는 두 개의 객방을 숙소로 정했다.

　두 사람은 간단히 씻고는 객잔에 딸린 반점에서 식사를 했다.

　"드시오, 한 소저."

　백을천은 모든 면에서 양보했기에 차와 음식도 한운지가 먼저 마시고 먹을 수 있게 배려했다.

　한운지는 무불악과 너무도 비교가 되는 백을천의 예의 바른 모습이 오히려 부담이 되었다.

　예전에는 누구보다 예법을 중시하는 그녀였지만 무불악을

만난 이후 의식이 다소 바뀌었다. 때로는 주변을 전혀 의식하지 않는 무불악의 초연한 태도와 말투가 대장부처럼 보인 것이다.

한운지가 무불악에 대해 이렇듯 깊은 호감을 느끼게 된 것은 화운군주를 구한 영웅적인 공적 때문이었다. 그 엄청난 공을 세우고도 단지 의원에게서 받은 신세를 갚는 것으로 대신하려 했으니 그 마음씨가 너무도 기꺼웠다.

한데 백을천과 함께 낙양으로 오는 도중 그녀는 또 한 번 충격과 감동의 소식을 듣게 되었다.

혈마 난살천참의 사망!

백도인 모두가 쾌재를 부를 이 낭보의 주역이 무불악임이 확인되었다. 더군다나 동호에서 세 명의 마왕과 격돌하는 와중에 혈마를 참살했으니 천하인 모두가 경악할 사건이 아닐 수 없었다.

물론 무불악을 신뢰하지 못하는 많은 사람들은 지나치게 강해진 무불악의 무공에 오히려 공포를 느꼈겠지만 한운지는 감격과 희열을 금치 못했다.

오대천마의 탈출이 자신의 죄인 양 고심해 왔던 한운지는 자신을 대신해 혈마를 죽인 무불악이 너무도 고마웠던 것이다.

백을천은 술잔을 들어 건배를 청했다.

"한 소저, 위대한 영웅 무불악 형을 위해 건배합시다."

“그래요.”

한운지는 기쁘게 술잔을 마주치고 술을 마셨다.

백을천은 호탕한 웃음을 터뜨렸다.

“하하, 어서 무 형을 만나고 싶소. 혈마를 참살한 당대의 영웅과 코가 삐뚤어지도록 술을 마시며 그 영웅담을 듣고 싶소. 한 소저도 같은 심정일 것이오.”

“물론이죠. 하지만… 너무도 엄청난 일이라 믿어지지가 않아요. 세 명의 마왕과 맞서 싸우는 와중에 혈마를 죽였다는 게 과연 가능할까요?”

“솔직히 내 사부님도 삼 대 일의 대결은 버거울 것이오. 아니, 두 명의 마왕과 대결하는 것도 쉽지 않소. 천하에서 세 명의 마왕과 맞서 싸울 수 있는 절대고수는 오직 무 형뿐일 것이오.”

“그래요. 무 공자의 장기는 이기는 법을 남들보다 많이 안다는 데 있지요. 과정보다는 결과에 강한 사람이니까요.”

백을천은 한운지의 빈 잔에 술을 채워주었다.

“한 소저의 모습이 눈부십니다. 이렇듯 밝은 모습은 처음이오. 솔직히 무 형한테 조금 질투가 나오.”

한운지는 눈가를 붉히며 소매로 얼굴을 가렸다.

“너무 놀리시는군요.”

두 사람은 화기애애한 분위기 속에 식사를 마쳤다.

한운지는 술잔을 치우고 차를 주문해 마셨다.

"천해문 낙양 지부에 잠시 다녀올게요."

백을천은 대충 얘기를 들어 상황을 알고 있었다.

"한 소저는 참으로 후덕하시오. 할 일도 많은데 그런 사소한 일까지 챙겨야겠소?"

"금영 낭자에게는 부친의 유언과 결부된 중요한 일입니다. 더군다나 팔선월무도와 같은 귀한 그림을 선물로 받았는데 보답은 해야죠."

"괜찮다면 같이 갑시다."

"사소한 일이니 너무 신경 쓰지 마세요."

한운지가 자리에서 일어섰다.

"오래 걸리지는 않을 겁니다."

객잔을 나선 한운지는 천해문 낙양 지부를 찾아갔다.

천해문 지부는 언제나 북적댔기에 한운지는 자신의 신분을 넌지시 알려 곧바로 집사를 만날 수 있었다. 그녀는 자신 앞으로 배달된 서찰을 보고 금영의 소재를 알 수 있었다.

한운지는 자신이 해독한 그림의 비밀을 서찰로 남기려다가 금영의 소재가 멀지 않기에 직접 찾아갔다.

금영은 물론 가명이며 진짜 이름은 은월영이었다.

은월령은 낙양 외곽의 장원에서 평소 시비를 여럿 두고 공주처럼 살고 있었다.

그녀는 간특한 계책을 꾸며 팔선월무도의 비밀을 한운지에게 맡긴 이후 천마혈서 수련에 매진해 왔다.

사실 우연히 독마를 만나 천마혈서를 손에 넣을 때만 해도 천마혈서만 수련하면 천하무적이 될 줄 알았다. 한데 숙적인 무불악을 만나 겨뤄보니 그것이 아니었다.

무불악 역시 새로운 절기를 터득해 이번에도 그녀는 죽을 뻔한 위기를 겪었었다.

은월영은 자신의 한계를 절감하고 천마혈서를 보다 완벽하게 수련하는 데 심혈을 기울였다. 물론 무불악에 앞서 죽일 대상은 따로 있었다.

푸드득……!

한 마리 전서구가 날아와 횃대에 앉았다.

은월영은 전서구의 날개 아래에 달린 가는 대롱을 열어 돌돌 말린 전서통문을 꺼냈다. 내용은 아주 간단했다.

무화, 직접 방문.

은월영은 급히 시비들을 소집했다.

"당장 사라져라. 별도의 지시를 내릴 때까지 코빼기도 보이지 마라."

시비들이 후문을 통해 모두 나가자 은월영은 시비의 옷으로 갈아입고 장신구도 모두 제거했다. 그녀는 동경을 보며 머리를 길게 늘어뜨려 최대한 청순한 모습을 만들었다.

"한운지, 넌 정말 재수가 없구나. 내가 굳이 수고하지 않아도 네 스스로 죽여달라고 찾아오니 말이야."

그녀는 본래 영활한 두뇌의 소유자라 한운지가 천해문 지부에 들를 경우 자신에게 전서통문을 띄우도록 조치해 두었다. 하지만 한운지가 직접 자신의 처소를 찾아오리라고는 생각지 못했다.

"사소한 일까지 열성을 보이니 영락없는 협녀야. 한데 어떡하지? 난 너를 꼭 죽여야 하니 말이야."

은월영은 빗자루를 들고 대문 앞을 쓸었다. 그녀의 정체를 알지 못하는 한 시비로 생각할 수밖에 없는 완벽한 연출이었다.

잠시 후 죽립을 쓴 한운지가 장원 앞에 당도했다.

"금 낭자."

은월영은 이미 한운지의 존재를 감지했지만 슬며시 고개를 돌렸다.

"누구세요?"

한운지는 죽립을 벗어 뒤로 젖혔다.

"나예요."

은월영은 짐짓 놀란 표정을 지었다.

"어마, 한 언니? 여기는 어떻게 아셨어요?"

"천해문 지부에 남겨진 서찰을 보았어요. 멀지 않은 곳이라 직접 만나고 싶어 찾아왔어요.”

“잘 오셨어요. 어서 들어가세요.”

은월영은 장원 안으로 한운지를 안내했다.

“당숙과 숙모는 출타하셨어요. 저 혼자 있으니 부담 갖지 마세요.”

“아담하고 아늑하군요.”

“제 방이 너무 누추하니 여기에 앉으세요.”

은월영은 정원의 탁자로 한운지를 안내하고는 차를 준비하겠다며 안채로 들어갔다.

한운지는 등에 멘 길쭉한 통에서 두 장의 그림을 꺼내 탁자에 펼쳐 놓았다.

팔선월무도와 와우도.

지금은 낮이라 선녀들이 춤을 추고 소가 풀을 뜯는 그림이었다.

은월영이 차와 과일을 준비해 탁자로 다가섰다.

“어마, 다른 그림이 또 있네요?”

“여기 소가 풀을 뜯는 그림은 와우도라고 하는데 오래전에 해형 물감으로 그린 그림입니다. 아마도 신기자 선배님은 와우도를 본떠 팔선월무도를 남긴 것 같아요.”

“그럼 이 그림도 밤이 되면 바뀌나요?”

“그래요. 풀을 뜯던 소가 외양간에서 잠을 자지요.”

“와, 재미있네요.”

은월영은 차를 따라 한운지에게 건넸다.

"한데 그림의 비밀은 해독하신 거예요?"

"팔선월무도만으로는 이해가 되지 않았는데 와우도와 비교해 보니 어느 정도 해독이 되었어요."

"정말 다행이네요. 무엇보다 아버님의 유시를 받들 수 있어 기뻐요."

은월영은 신기자의 보물을 얻게 되었기에 환호라도 지르고 싶었지만 다 된 밥에 재를 뿌릴 수 없기에 최대한 감정을 억제했다.

한운지는 차를 한 모금 마시고는 그림에 대해 설명해 주었다.

"그림을 보면 여덟 명의 선녀 중 두 명은 악기를 연주할 뿐 춤에는 가담하지 않았어요. 여섯 선녀만 어울려 춤사위를 연출하고 있지요. 해형으로 그려진 다른 그림에서도 마찬가지입니다. 여섯 선녀는 침상에서 잠들어 있지만 두 명은 다소곳이 앉아 여섯 선녀들이 자는 모습을 지켜보고 있어요."

"그런가요?"

은월영은 한운지의 설명을 듣고 팔선월무도를 자세히 살펴서야 그 사실을 확인할 수 있었다.

"어마, 정말 언니 말 그대로예요?"

"신기자 선배가 굳이 여섯 선녀가 아니라 여덟 선녀를 그려 넣은 이유는 그림의 비밀을 보다 복잡하게 만들려는 의도였던 겁니다. 따라서 팔선월무도는 낮과 밤으로 구분된 열두 선녀를 상징합니다. 이는 장강삼협 중 무산협에 있는 무산십이봉을 의미하지요."

"무산십이봉이라면 들어본 적이 있어요."

"무산협 좌우로 열두 개의 근사한 봉우리를 무산십이봉이라 하는데 좌안육봉 중 하나가 신녀봉입니다. 내 해석이 틀리지 않다면 신녀봉 어딘가에 신기자 선배의 보물이 숨겨져 있을 겁니다."

"아, 신녀봉!"

흥분으로 인해 은월영의 얼굴이 발갛게 상기되었다.

"그림에 있는 달의 위치를 감안한다면 신녀봉 동쪽 중턱쯤으로 예상되는군요. 상세한 위치는 직접 가봐야 알겠지만 내가 달리 갈 곳이 있어 그 이상은 도와드릴 수가 없군요."

한운지는 설명을 마치고는 기분 좋게 차를 마셨다.

전대의 기인인 신기자가 남긴 수수께끼를 해독했다는 생각에 그녀도 기분이 뿌듯했다. 애초부터 보물에는 무관심했기에 자신이 차지할 마음은 추호도 없었다.

은월영은 눈물까지 글썽이며 연신 사례를 표했다.

"고마워요, 언니. 정말 고마워요. 구천에 계신 아버님도 이제 안도하실 겁니다."

"금 낭자, 보물을 찾게 되면 부디 좋은 데 쓰세요. 그것이나의 유일한 바람입니다."

"물론이죠."

"난 이만 가볼게요."

한운지는 그림을 챙겨 자리에서 일어섰다. 일순 가벼운 현기증을 느낀 그녀가 손으로 이마를 짚었다.

"아, 왜 이렇게… 어지럽지?"

이 순간 은월영의 소매 속에서 번득인 섬광이 한운지의 등으로 파고들었다.

퍼억!

"흐윽!"

한운지는 명문혈이 관통되는 극렬한 고통과 충격 속에 털썩 주저앉았다.

기습을 성공한 은월영이 뒤로 물러서며 득의의 웃음을 터뜨렸다.

"깔깔깔! 한운지, 결국 네가 내 손에 죽는구나?"

한운지는 급히 진기를 운집하려 했지만 어찌 된 연유인지 진기가 제대로 모이지 않았다. 뿐만 아니라 등에 꽂힌 비수에서 퍼지는 독 기운 때문에 정신마저 혼미했다.

"대… 대체 왜……?"

은월영은 늘어뜨린 머리카락을 귀 뒤로 쓸어 넘기며 끈으로 묶었다.

"한운지, 내가 누구인지 모르겠어?"

“……?”

“내 진짜 이름은 은월영이야. 그래도 몰라?”

한운지는 나직한 신음을 토했다.

“으음, 은사호리…….”

“호호, 맞아. 미래의 사파맹주인 은사호리 은월영이 바로
나야.”

“아……!”

한운지는 비로소 자신이 간교한 계략에 빠졌음을 깨닫게
되었다. 사파의 악녀를 위해 신기자의 장보도를 해독해 주었
으니 실로 커다란 과오이며 어리석음이었다.

은월영이 바뀐 모습으로 기억을 더듬어보니 누군가가 떠
올랐다.

독보검궁과 무불악의 대결 장소인 하남성 서평에서 무불
악이 절대 오지 않을 것이라며 신랄하게 성토한 한 수려한 사
내가 떠올랐다. 왠지 남장여인처럼 보였는데 지금 비교해 보
니 바로 은월영이었다.

‘어쩐지 모습이 눈에 익다 했어…….’

정말 후회스러웠지만 후회는 아무리 빨라도 늦는 법이다.

한운지는 손을 뒤로 돌려 등에 박힌 비수를 뽑아냈다.

치이익……!

피 묻은 비수는 푸른 연기를 피워내며 녹아들고 있었다. 칼
날은 이미 거의 녹아 겨우 손잡이만 남은 상태였다.

한운지는 대번에 비수의 정체를 간파했다.

"화… 화혈독비?"

은월영은 사르르 눈웃음을 쳤다.

"역시 똑똑해. 화혈독비를 대번에 알아보는군."

한운지는 그만 절망하고 말았다.

화혈독비(化血毒匕)는 천하십대마병 중 하나다.

철이 아니라 맹독으로 제련한 비수이기에 한 번 찔리면 백약이 무효다. 금강불괴지신도 파괴하는 예리함과 끔찍한 독성을 지녔기에 악마의 발톱으로 불리는 병기가 바로 화혈독비였다.

한운지는 혈도를 찍어 독기의 확산을 최대한 억제했다. 하지만 워낙 독성이 강해 그녀의 얼굴과 피부가 검푸르게 변색되었다.

한운지는 검은 피를 토하고는 힘겹게 몸을 일으켰다.

"은사호리, 왜… 나를 죽이려는… 것이냐?"

"이유가 여러 가지이지. 너를 죽여야 내가 중원지화가 될 수 있으니 말이야. 물론 내게 천마혈서를 전해준 독마에 대한 보답이기도 해. 천등성현을 대신해 너를 죽여달라고 했거든. 하지만 무엇보다 무불악 그놈 때문에라도 넌 죽어야 돼."

"왜……?"

"왜냐고? 네년이 놈에게 의천오절의 절기를 알려주는 바람에 내가 놈에게 다시 패했단 말이다. 더군다나 그 추악한 놈

이 너를 꽤나 아끼는 것 같더라고. 내가 그 꼴을 못 보지. 네
년을 죽이면 아마 놈은 눈이 뒤집힐 거야. 그런 놈을 지켜보
는 게 정말 재미있을 것 같아.”

“넌 정말… 악녀로구나. 재미로… 사람을 죽이려 하다니.”

은월영은 잔혹한 미소를 머금었다.

“호호, 너는 이미 무형산공분에 중독돼 진기가 흩어졌고
화혈독비에 적중돼 절대 회생할 수 없다. 네가 아무리 영약을
처먹었다 해도 해독은 불가능해. 전신이 흐물흐물하게 녹으
면서 비참하게 죽게 될 것이다.”

“하늘이… 너를 용서치 않을 것이다.”

한운지가 비틀거리며 뒤로 물러서자 은월영이 나른한 눈
빛을 발했다.

“호호, 당당한 천기무화가 도주를 하시겠다? 그런 몸으로
얼마나 달아날 수 있을까?”

은월영이 신법을 펼쳐 바싹 다가서자 한운지가 벼락같이
검법을 전개했다.

쐐애액—!

공력이 제대로 주입되지 않아 현란한 변화는 없었지만 검
극에서 발출되는 예기가 엄청났다. 전설의 신검인 막사검이
지닌 위력이었다.

“엄마야!”

깜짝 놀란 은월영이 반사적으로 호신강기를 펼쳐 몸을 보

호했다.

파파팟!

호신강기를 가르며 파고든 예기에 은월영의 두 팔이 붉게 물들었다. 만일 한운지가 온전한 몸으로 검기를 날렸다면 그녀의 몸이 쪼개졌을 것이다.

자신의 몸을 무던히도 아끼는 은월영은 한운지가 혹시 중독되지 않았나 싶어 등줄기가 서늘해졌다.

"말도 안 돼. 화혈독비에 찔리면 금강불괴지신도 살 수 없어."

그녀는 한운지가 이미 담장을 넘어 사라졌다는 사실에서 중독을 확신했다.

"온전한 몸이라면 결코 달아날 리가 없지. 한데 그 검이 뭐기에 그렇듯 날카롭지?"

은월영은 무불악이 지니고 다니는 간장검을 떠올렸지만 조금은 다른 검으로 생각되었다.

"외양은 비슷한데 검의 기운은 달라."

그녀는 옷자락을 찢어 팔의 상처를 감쌌다.

"간장검과 유사한 검은 오직 막사검뿐인데… 그래, 그런 보검을 지녔다면 꼭 빼앗아야겠군."

몸을 솟구친 그녀는 한운지를 쫓아 담장을 넘어갔다.

낙운객잔.

백을천은 객잔 입구에서 탕마이십팔숙의 수좌인 천우(天牛)와 북두(北斗)에게 지시를 내리고 있었다.

탕마이십팔숙은 백을천의 직속 수하들로 백을천이 출동할 때는 이 개 조로 나뉘어 수행한다. 그들의 수좌가 천우와 북두로 주변 경호와 수색이 그들의 임무였다.

"천우는 먼저 철마산으로 달려가 사해천악의 소재를 파악해라. 가급적 사해천악의 눈에는 띄지 마라."

"알겠습니다."

"북두는 주변 경호에 만전을 기해라. 천기무화는 사파와 마도의 표적이기에 경계를 늦춰서는 안 된다."

"예, 소성주."

두 명의 수좌는 예를 표하고 뒤로 물러섰다.

한데 이때 허공에서 날아든 인영이 객잔 앞에 이르자 풀썩 쓰러졌다. 얼굴과 피부가 검푸르게 변색된 여인은 다름 아닌 한운지였다.

"아니, 한 소저?"

한운지의 입에서 흐르는 검은 피에서 역겨운 비린내가 풍겼다.

"맙소사, 극독에 당했어!"

백을천은 한운지를 안고 객잔으로 향했다.

"주변을 철저하게 경계해라! 북두는 어서 의원을 모셔와라!"

한편 뒤미처 객잔 부근에 이른 은월영은 백을천과 탕마이십팔숙의 수좌들을 보고는 걸음을 멈추었다.

"뭐야, 불패성의 무사들이잖아? 가만, 저자는 멸사신룡?"

은월영은 얼른 건물 모퉁이로 몸을 숨겼다.

그녀가 아무리 천마혈서를 터득했다 해도 멸사신룡과 불패성 최강의 정예들인 탕마이십팔숙과의 대결은 엄두도 낼 수 없었다.

"젠장, 불패성 놈들과 동행이었을 줄이야."

은월영은 탕마이십팔숙에 속한 무사들이 속속 당도해 객잔 주변으로 경계망을 형성하자 생각을 바꾸었다.

'그래, 한운지를 죽게 만들었으니 목적은 달성했다. 신기자의 은신처를 찾아내면 막사검과 버금갈 보물은 얼마든지 손에 넣을 수 있다. 한운지가 그 비밀을 공개하기 전에 먼저 찾아내야 돼.'

은월영은 빠른 속도로 몸을 날렸다. 무불악을 떠올린 그녀는 너무도 즐거웠다.

"무불악, 그러기에 나를 화나게 만들면 안 돼. 네놈이 미쳐 날뛰는 모습이 눈에 선하구나. 호호호!"

객잔 별채.

탕마이십팔숙 중 열 명은 객잔 후원의 별채 주변에서 경계를 서고 있었다.

한운지는 줄곧 혼절해 있다가 한 의원이 달여온 삼백 년산 산삼탕을 먹고서야 겨우 정신을 차렸다. 의식은 회복했지만 눈빛은 이미 생기를 잃고 있었다.

백을천은 차갑게 식은 한운지의 손을 쥐었다.

"한 소저, 이 일을… 어찌한단 말이오? 대체 무슨 독에 중독되었기에 모든 의원들이 손을 쓸 수 없는 거요?"

한운지는 허옇게 마른 입술을 달싹였다.

"화혈… 독비……."

"뭐요, 화혈독비?"

백을천은 그만 절망하고 말았다.

"이럴 수가… 크으……!"

그도 악마의 발톱으로 불리는 극악한 병기에 대해서는 익히 들어 알고 있었다.

한운지는 힘겹게 입술을 뗐다.

"흉수는… 은사호리… 소녀가… 어리석었어요."

"은사호리 은월영! 결코 용서치 않겠소."

"무 공자… 무 공자를……."

"알겠소. 즉시 연락을 취하겠소."

백을천은 급히 서신을 써서 천우를 호출했다.

"당장 천해문 지부로 달려가라. 비용은 상관없으니 수단과 방법을 가리지 말고 철마산에 있는 사해천악에게 이 서찰을 반드시 전달시켜라.”

“예, 소성주.”

천우는 서둘러 별채를 나섰다.

침소로 돌아온 백을천은 한운지의 고개가 옆으로 꺾인 것을 보고 가슴이 덜컥 내려앉았다.

“한 소저!”

급히 맥을 짚어보니 아직 끊어지지는 않았다. 하지만 생명지기가 워낙 미약해 언제 끊길지 모르는 상황이었다.

한운지를 위해 아무것도 할 수 없다는 사실에 백을천은 너무도 괴로웠다. 남몰래 그녀를 흠모해 왔던 그였기에 비통함은 더했다.

백을천은 침상 아래 무릎을 꿇은 채 한운지의 손을 감싸 자신의 볼에 댔다.

“한 소저, 당신은 백도의 등불이자 무림 정기의 화신이오. 이대로… 생을 마감할 수는 없소. 크으, 한 소저.”

2

땅… 땅땅……!

밤낮으로 들려오는 망치질 소리도 이제는 이력이 나 마치 악기 소리처럼 생각되었다.

무불악은 철마산에 머물면서 대장간을 두루 구경했다. 직

접 망치를 쥐고 담금질을 하지는 않았지만 병기와 철제 도구
의 제작 과정을 지켜보는 것만으로 그는 검에 대한 인식을 새
로 하게 되었다.

한 자루 검이 제작되기까지의 복잡한 과정을 지켜보면서
검이 단순한 병기가 아님을 깨닫게 된 것이다.

검마 구주파천은 삼십 년 동안 금마곡에서 금제된 삶을 살
아왔다.

자부심 강한 구주파천이 그동안 응축된 분노와 원한을 검
에 담아 폭발시키지 않고 한갓 대장장이로 지내왔다는 것은
정말 의외였다.

더군다나 그가 대적한 구주파천은 여느 마왕과 달랐다.

구주파천은 무불악의 안목으로도 전혀 눈치를 채지 못할
만큼 마기를 안으로 갈무리했고 포악한 마성도 표출하지 않
았다. 마치 마왕이 아니라 자신만의 검도를 지향하는 고독한
검객처럼 보였다.

무불악은 대장장이의 담금질을 잠시 지켜보다가 자신의
왼손을 매만져 보았다.

백독신단 덕분인지 손가락이 잘려 나간 부위는 매끈하게
아물어 있었다. 잘린 손가락이 약지와 새끼손가락이기에 외
견상 잘 드러나지 않는 것이 그나마 다행이었다.

"구주파천, 당신 손가락은 내가 잘라주겠다. 아무래도 이
자가 붙어야 하니까 당신을 육지(六指)로 만들어주겠다. 육지

검마, 거 괜찮은 별호가 되겠군."

무불악은 대장간과 철기 상점을 둘러보다가 자신의 처소로 돌아왔다.

처소라고 해봤자 빈 대장간을 개조한 곳이기에 불편하기 짝이 없었다. 하지만 대장간 특유의 냄새가 마음에 들어 그는 숙소로 삼았다.

사실 검마는 이미 떠난 상태라 더 이상 철마산에 머물러 있을 이유가 없었지만 행여 한운지와 길이 엇갈릴 수 있어 철마산을 떠나지 않은 것이다.

무불악은 별반 춥지도 않지만 빈 화덕에 불을 피웠다.

"계집애, 뭐 하느라고 여태 오지 않는 거야?"

그는 한운지를 만나 자랑스러운 영웅담을 늘어놓을 생각을 하니 절로 즐거웠다. 오대천마 중 한 명을 참살했으니 의천무경의 계승자가 제 역할을 톡톡히 한 셈이다.

"그런 엄청난 공을 세웠으니 날 거부하지는 않겠지. 운지가 내 취향은 아니지만 워낙 까다롭게 구니 한번 자빠뜨리고 싶단 말이야."

무불악은 불씨를 뒤적이며 제멋대로 상상의 나래를 폈다.

이때 인기척과 함께 누군가 대장간 안으로 들어섰다.

"혹시 사해천악 무 공자이십니까?"

무불악은 젊은 무사를 훑어보았다.

“맞아, 내가 무불악이다.”

“저는 천해문 산서 지부 휘하의 임분 분소 소속입니다.”

“용케도 나를 찾아냈군. 뭔 일이냐?”

“급한 서찰이 배달됐기에 가져왔습니다.”

무사는 전서구를 통해 배달된 전서통문을 건넸다.

무불악은 별생각 없이 돌돌 말린 전서통문을 펼쳐 보았다.

무불악 형,

한 소저가 피습을 당했소. 극히 위중하오. 낙양 낙안객잔에
머물러 있소. 속히 와주시오.

백을천.

눈을 번쩍 뜬 무불악은 한 번 더 전서통문을 확인하고는 무
사의 멱살을 덥석 쥐었다.

“이 새끼, 이 서찰을 언제 받았냐?”

“고… 공자, 저는 받자마자 공자의 행방을 수소문해 달려
왔습니다.”

“더 빨리 왔어야지!”

무불악은 무사를 내던지고는 대장간을 나섰다.

“만일 운지가 잘못되기라도 하면 너희 천해문 놈들 죄다
죽는 줄 알아라!”

무불악은 공력 소진을 아까워하지 않고 최고조의 어기비

행술을 전개했다.

"제발 살아 있어, 운지! 어떻게든 널 구하겠다!"

3

철마산에서 낙양까지는 최단거리로 팔백여 리.

무불악은 한시도 쉬지 않고 비행술을 전개해 불과 한나절만에 주파했다. 얼마나 빨리 달려왔는지 그의 얼굴과 옷에 허연 서리가 서렸다.

탕마이십팔숙은 외부인의 출입을 엄중히 통제했지만 별채로 달려온 사람이 무불악임을 확인하고는 얼른 길을 비켜주었다.

무불악의 몸에서 뿜어지는 살벌한 기운에 절로 주눅이 든 것이다.

백을천은 따뜻한 수건으로 한운지의 얼굴을 닦아주고 있다가 들이닥치는 무불악을 보고는 얼른 일어섰다.

"무 형……."

무불악은 다짜고짜 백을천을 한 방 갈겼다.

"이 병신 새끼!"

백을천이 나자빠지자 무불악은 사정없이 걷어찼다.

"넌 대체 뭘 했어? 네 몸뚱이를 던져서라도 기습을 막았어야 했잖아?"

퍼―퍼퍽!

백을천이 연신 얻어맞자 천우와 북두가 방으로 뛰어들었다.

"왜 이러시오, 무 공자!"

"소성주는 아무 잘못도 없으시오. 한 소저는 다른 곳에서 피습을 당하신 것이오."

무불악은 그들마저 한 방씩 갈겨주었다.

"새끼들아, 어쨌거나 기습을 미리 막지 못한 것은 확실하잖아?"

나가동그라진 천우와 북두가 벌떡 일어서며 대들려 하자 백을천이 그들을 만류했다.

"너희들은 당장 나가라."

"소성주, 어찌 이런 수모를 당하시는 겁니까?"

"어서 물러가지 못하겠느냐?"

백을천의 준엄한 질책에 천우와 북두는 별채를 나갔다.

백을천은 코피가 터져 엉망이 되었지만 조금도 노여워하지 않았다.

"정말 유감이오. 무 형 말대로 모두 내 불찰이오. 내가 한 소저를 수행했다면 이런 불상사는 없었을 것이오."

"새끼, 네 잘못을 알기는 아는구나."

무불악은 겨우 분노를 자제하고는 침상으로 다가섰다.

독기 때문에 한운지의 얼굴과 피부는 더욱 검푸르게 변했

다. 코와 입에서 역겨운 고름이 흘러나왔고 피부마저 짓무르
고 있었다.

　"운지……? 너 정말 운지 맞아?"

　무불악은 침상 가에 걸터앉아 한운지의 손을 쥐었다.

　얼음장처럼 차가웠다. 도저히 살아 있는 사람의 손으로는
생각되지 않았다.

　무불악은 너무도 무서운 생각에 부르르 전율했다.

　"어, 어떻게 된 거야? 죽은 거야? 벌써… 죽은 거야?"

　백을천이 등 뒤로 다가섰다.

　"고정하시오, 무 형. 아직 숨이 끊어진 것은 아니지만… 달
리 손을 쓸 방도가 없소."

　"중독됐다면 해독을 해야 할 것 아냐? 넌 불패성의 소성주
잖아? 네 모든 수완과 재력을 동원해서라도 해독단을 구했어
야지?"

　"한 소저는 화혈독비에 찔렸소."

　"허억! 화, 화혈독비?"

　무불악은 눈앞이 캄캄해졌다.

　화혈독비는 천하십대마병 중 하나라 그도 잘 알고 있었
다.

　금강불괴지신도 한 줌 핏물로 녹여 버린다는 악마의 발톱.
해독단이 없기에 한 번 찔리면 절대 살아날 수 없다.

　무불악은 거친 숨을 몰아쉬었다.

“누구야? 대체 어떤 새끼가 그런 몹쓸 짓을 저지른 것이
냐?”

“은사호리요.”

“뭐야, 은월영 그 불여우란 말이냐?”

“한 소저가 직접 밝혔으니 확실하오.”

“으아!”

무불악은 자신의 머리를 감싸 쥐었다.

“이 찢어 죽일 년! 네년이 감히… 감히 운지를 해쳐?”

그는 피가 절절 끓어 미칠 것만 같았다. 지난번 사천성에서
은월영을 만났을 때 확실하게 숨통을 끊지 못한 것이 너무도
후회되었다.

“맞아. 당시 그년이 운지를 죽이겠다고 했어. 결국 나 때문
에… 운지가 당한 거야. 크으……!”

무불악이 비분과 원한에 몸을 와들와들 떨자 백을천이 위
로해 주었다.

“무 형, 진정하시오. 일단은 한 소저의 회생이 급선무요.”

“그, 그래. 악랄한 계집은 언제든 죽일 수 있어. 운지부터
살려야 돼.”

무불악은 몇 번 숨을 몰아쉬면서 감정을 자제했다.

“백 형, 방도는 생각해 보았소?”

“화혈독비의 극독은 천하 어떤 영약으로도 해독할 수 없다
는 것이 정평이오. 하지만 두 사람은 해독할 수 있는 방법을

알고 있을 것이오.”

“두 사람? 그들이 대체 누구요?”

“한 사람은 독마 혈루시산이오.”

“젠장, 그 마왕은 설사 해독단이 있다고 해도 내주지 않을 거요. 지들 손으로 죽이고 싶은 천둥성현의 제자인 운지를 살리려 하겠소?”

“다른 한 사람은 약왕전의 전주인 활천편작이오. 하지만 오랜 세월 행방을 모르기에……”

“맞아, 활천편작!”

무불악은 한가닥 희망에 젖어 펄쩍 뛰었다.

그는 일전에 거의 망가진 자신의 왼팔을 회복시켜 준 신묘한 의원을 만난 적이 있었다. 이름은 모르고 그저 황 노인으로 호칭했는데 한운지를 통해 그 노인이 당대의 신의인 활천편작임을 알게 되었다.

“내가 왜 그 영감을 생각하지 못했지? 활천편작이라면 죽은 사람도 되살린다고 했으니 운지를 구할 수 있을 거야.”

무불악은 한운지를 들쳐 업고는 비단 이불로 칭칭 동여맸다.

백을천이 놀라 다가섰다.

“무 형, 정말 활천편작을 만난 적이 있단 말이오?”

“아직 은신처를 떠나지 않았다면 만날 수 있을 거요.”

"소제가 동행하겠소."

"아니, 백 형은 다른 방법을 모색해 보시오."

"다른 방법이라면……?"

"활천편작이 운지를 구하지 못할 경우를 대비해야 하오. 당대의 현자인 천맹상인이라면 혹시 화혈독비의 해독법에 대해 알고 있을지도 모르니 행방을 추적해 보시오."

백을천은 난감한 표정을 지었다.

"천맹상인 노선배님은 십수 년째 모습을 드러낸 적이 없소."

"지난해에 내가 동정호 군산에서 만난 적이 있었소. 두 눈이 먼 데다 벙어리까지 되었으니 추적이 가능할 거요."

"알겠소. 천맹상인을 추적하는 것은 물론이고 천하에 이를 공표해 해독법을 알아보겠소."

"참, 흉수는 밝히지 마시오."

무불악은 백을천의 손을 굳게 쥐었다.

"은월영, 그년은 반드시 내 손으로 찢어 죽여야 하니 백 형도 함부로 나서지 마시오. 누구라도 그 악녀를 죽이면 내 손에 죽게 될 테니까."

별채를 나선 무불악은 허공으로 숏구치며 비행술을 전개해 순식간에 사라졌다.

백을천은 자신의 힘으로 한운지를 구하지 못했다는 사실에 심정이 우울했다. 무불악처럼 물불 가리지 않고 적극적으로 나서지 못하는 자신이 스스로 생각해도 한심했다.

그는 깊은 한숨을 내쉬었다.

"백을천, 넌 결국 천기무화의 마음을 얻지 못하겠구나!"

第二十八章
세상을 피로 씻겠다!

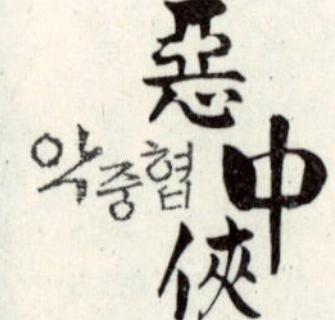

1

천기무화의 피습!

당대 최고의 여협인 천기무화 한운지가 화혈독비에 적중되었다는 소식에 천하인들은 경악을 금치 못했다.

무불악에 의해 혈마가 참살당했다는 낭보로 인해 무림정기가 한창 치솟는 와중이었기에 백도인들의 충격은 너무도 컸다.

무엇보다 화혈독비라는 악마적인 병기에 당했기에 한운지의 죽음을 기정사실로 인식했다.

천기무화를 추종하는 많은 열협들은 복수를 외쳤지만 흉수가 전혀 밝혀지지 않은 상황이라 가슴속에서 피만 끓여야 했다.

마왕의 참살과 협녀의 죽음.

강호의 풍파가 더욱 격렬해지고 있었다.

2

사천성과 호남성 경계의 밀림 지대.

빽빽한 숲을 가로지른 무불악은 황 노인의 초옥을 발견하고는 한시름 놓았다. 지형을 정확히 기억하지 못해 유사한 밀림 지대를 여러 곳 헤매다 겨우 찾아온 것이다.

"황 노인, 아니, 황 의원! 사람 좀 살려주시오!"

무불악은 다급하게 외치며 초옥 안으로 들어섰다.

초옥 내부는 여전히 어수선했다. 당장 황 노인이 보이지 않아 속이 탔지만 그래도 초옥을 떠나지 않았다는 생각에 안도할 수 있었다.

"가만, 무엇부터 해야 하는 거지?"

무불악은 등에 업은 한운지를 조심스럽게 내려 침상에 눕혔다.

한운지는 상태는 더욱 악화돼 칠공에서 진물이 흘러나왔고 호흡도 간간이 끊겼다.

"운지, 조금만 기다려. 활천편작이 오면 널 살릴 수 있어. 제발 죽지 마라."

무불악은 답답한 마음을 금할 수 없어 초옥을 나섰다. 그는 벼랑을 타고 올라 주변을 향해 외쳤다.

"황 의원― 황 의원― 어서 돌아오시오! 여기 위중한 병자가 있소―!"

그렇게 한참을 외쳐 대자 멀리 능선 쪽으로 사람의 모습이 보였다. 먼 거리였지만 무불악은 대번에 누구인지 알아보았다.

"황 의원!"

경공술을 전개해 날아간 무불악은 다짜고짜 황 노인을 들쳐 업었다.

"갑시다."

"허어, 인석아. 왜 이러는 거냐?"

"독상을 당한 병자가 있소. 아주 위급하오."

무불악은 쏜살같이 몸을 날려 초옥 안까지 들어섰다.

"이 여인이오. 세상을 위해서라도 반드시 살려야 하오."

"어디 보자."

황 노인은 한운지를 진맥하고는 눈까풀을 뒤집어 동공을 살폈다. 황 노인의 표정이 심각해졌다.

"아니, 이런 독이 다 있단 말인가?"

황 노인은 수건으로 한운지를 진물을 닦아 냄새를 맡아보았다.

"설마 독중지독이란 말인가?"

재차 한운지를 진맥한 황 노인이 고개를 절레절레 저었다.

"솔직하게 말해봐라. 이 여인이 악마의 발톱이라는 화혈독비에 찔린 것이냐?"

"과연 활천편작이시오!"

무불악은 황 노인의 손을 덥석 쥐었다.

"활천 선배, 제발 운지를 살려주시오. 운지는 천등성현의 의발전인으로 당세 최고의 여협이오. 금마곡을 탈출한 오대천마를 제압할 사람은 오직 운지뿐이오."

"네가 어떻게 노부의 신분을 안 것이냐?"

"그게 뭐 대단한 비밀이겠소? 운지가 얼마나 똑똑한 여인인데 활천 선배임을 알아채지 못하겠소? 하지만 약속대로 최대한 비밀을 지킬 테니 안심하시오."

활천편작은 약장으로 향했다.

"화혈독비는 해독단이 없다. 회생은 불가하지만 잠시 신지를 깨울 수는 있다. 유언이나 들으려무나."

"그런 소리 마시오!"

무불악이 활천편작의 앞을 막아섰다.

"무조건 살려야 돼. 운지를 살리지 못하면 영감은 내 손에 죽어. 알겠소?"

"윽박지른다고 해결될 문제가 아니다. 노부는 병자와 부상자를 치료하는 의원이다. 어떤 병자라도 최선을 다해 살리는 것이 의원의 도리다. 하지만 화혈독비는 노부의 한계를 넘어선 독중지독이다.”

무불악의 눈에서 시퍼런 살기가 뿜어졌다.

“듣기 싫소! 어떻게든 살려내! 만일 운지가 죽으면… 당신은 물론이고 약왕전 제자들 모두가 죽게 될 것이오. 당신이 약왕전의 전주임을 알고 있으니 둘러댈 생각은 마시오. 분명히 경고하는데 나는 한다면 하는 사람이야!”

“……”

활천편작은 물끄러미 무불악을 주시하다가 옆으로 밀쳤다.

“일단 독기가 심장까지 퍼지는 것을 막아야 한다. 그래야 해독제를 구할 때까지 시간을 벌 수 있지.”

활천편작은 십여 가지 약재를 배합해 탕약을 끓였다.

무불악은 탕약이 끓는 시간도 기다릴 수가 없었다.

“거 불 좀 팍팍 때시오. 그러다 숨넘어가겠소.”

“탕약을 끓이는 데도 절차가 필요하다. 센 불에 끓이면 우러나오기도 전에 타버리고, 너무 약한 불에 끓이면 약재가 제대로 우러나오지 않는다.”

활천편작은 화덕의 불꽃을 조절하며 느긋하게 기다렸다.

무불악은 초조한 심정에 화덕 앞을 왔다 갔다 걸었다.

“젠장, 하필 화혈독비라니! 그 악녀를 어떻게 죽여야 이 원한을 갚는단 말인가?”

“대체 어찌 된 상황인지 말해봐라.”

“나도 잘 모르겠소. 헤어져 있는 상황에서 피습을 당해 이 지경이 된 것이오. 운지와 함께 있었던 백을천의 말에 의하면 은월영이란 악녀의 소행이라 하였소.”

“은월영이 누구냐?”

“별호는 은사호리라고 하는데 천사혈뇌의 제자요. 얼마나 교활한지 그 계집한테 나도 당할 뻔했소.”

활천편작은 가볍게 고개를 끄덕였다.

“흉수가 천사혈뇌의 제자라면 이 아이가 당할 수밖에 없다. 천사혈뇌는 특히 계략과 술수에 뛰어나지.”

약탕기가 절절 끓어오르자 활천편작은 한 종지의 탕약을 내렸다.

“탕약과 금침대법을 동시에 처방해야 하니 이 아이의 옷을 벗겨라.”

“죄다 말이오?”

“금침을 놓을 수 있을 정도면 된다.”

“알겠소.”

무불악은 조심스럽게 한운지의 옷을 벗겼다.

일전에 절명철탄에 적중된 한운지를 치료하기 위해 옷을 벗긴 적이 있기에 새삼스런 일은 아니었다. 그래도 한운지의 젖가슴이 드러나지 않게 수건으로 가려주는 배려는 해두었다.

활천편작은 한운지에게 탕약을 조금씩 먹여주면서 금침대

법을 펼쳤다.

무불악도 의술은 조금 알고 있었지만 탕약과 침술을 동시에 처방하는 높은 수준의 의술은 전혀 몰랐기에 묵묵히 지켜보기만 했다.

한운지의 몸을 뒤집자 화혈독비에 찔린 부위가 여실하게 드러났다. 상처 부위는 이미 살이 문드러져 역겨운 고름이 가득했다.

"명문혈에서 반 치 빗나가는 바람에 즉사를 면했다. 하지만 이미 살이 모두 썩어 도려낼 수밖에 없겠구나."

"환부를 도려내면 살 수 있는 거요?"

"임시방편일 뿐이다. 해독제를 구할 때까지 최대한 시간을 벌어야 하니까."

활천편작은 새로 약을 조제한 후 불에 달군 칼로 환부를 도려내고 가루약을 뿌린 후 천으로 동여매 주었다.

근 한 시진 동안의 응급처치가 끝나자 활천편작은 침상 주변에 향을 피워놓았다.

"나가자."

활천편작이 앞서 초옥을 나가자 무불악은 한운지를 잠시 주시하고는 초옥을 나섰다.

활천편작은 쑥을 달인 물로 손을 씻고는 차를 마셨다.

"앞서 말했듯이 화혈독비의 극독은 노부도 해독할 수 없다. 네가 운지라는 여인을 살리고 싶다면 재주껏 해독단을 구해와야 한다."

"해독단이 있기는 한 거요? 화혈독비의 독은 절대 해독할 수 없다고 들었는데……."

"그런 녀석이 날보고 살려내지 못하면 죽인다고 협박을 한 것이냐?"

"상황이 다급하니 무슨 말인들 못하겠소? 한데 해독단을 누가 갖고 있소?"

"먼저 화혈독비에 대해 들어라."

활천편작은 차를 한 모금 마시고는 화혈독비에 대한 상세한 내력을 얘기해 주었다.

"삼백 년 전 독의 제왕이라는 혈천독왕(血天毒王)이라는 사람이 있었다. 그는 독인의 최고 경지인 독중지성에 이를 정도로 독보적인 존재였다. 그의 꿈은 누구도 해독할 수 없는 독중지독을 제조하는 것이었다."

"미친놈! 그런 독을 왜 만들어?"

"극악한 마공과 사술이 왜 창안되었겠느냐? 어느 부류든 각기 추구하는 바가 있다. 혈천독왕은 수십 년에 걸쳐 연구한 끝에 마침내 제조법을 완성했다. 그는 연단로에 천 개의 독물과 백 개의 약재를 넣고 스무 날 동안 달여 화혈독을 만들어냈다. 그 화혈독으로 제작한 비수가 바로 화혈독비다."

"화혈독비로 독중지성도 죽일 수 있는 거요?"

"가능하다. 혈천독왕도 종래에는 화혈독비에 찔려 죽었으니까.”

무불악은 손뼉을 치며 좋아했다.

“그거 쌤통이다. 그런 것을 보고 자업자득이라는 거지.”

“혈천독왕이 제작한 화혈독비는 모두 다섯 자루다. 당대에 두 자루가 사용됐고 한 자루는 자신의 몸에 꽂혔으니 후세에 두 자루만 전해졌다.”

“뭐야, 그러면 아직 한 자루가 더 남아 있단 말이오?”

“그런 셈이지.”

“참, 그게 문제가 아니지. 해독단은 누가 제조한 것이오?”

“당연히 혈천독왕이다. 해독단은 화혈독비를 탄생시킨 연단로에서만 제조될 수 있는데 혈천독왕은 세 알의 해독단만 제조한 후 연단로를 깨뜨려 버렸다. 그 바람에 화혈독비의 해독단을 누구도 제조할 수 없게 된 것이다.”

무불악은 분통을 터뜨렸다.

“정알 악독한 골통이로군. 화혈독비는 다섯 자루를 만들고 해독단은 왜 세 알만 만든 거야?”

“혈천독왕이 해독단을 제조한 이유는 행여 자신이 화혈독비에 찔릴 수 있기 때문이었다. 그래서 한 알은 자신이 지니고 다녔고 다른 한 알은 제자에게 주어 간직하도록 조치했다. 그리고 마지막 한 알은 그만이 알고 있는 은밀한 곳에 감추어 놓았다.”

흥미로운 전대비사에 매료돼 무불악은 잠시 한운지의 위

급한 상황을 잊었다.

"혈천독왕은 어떻게 자신이 제작한 화혈독비에 찔려 죽은 것이오?"

"혈천독왕은 당시 최강의 고수 두 명을 화혈독비로 쓰러뜨렸다. 백약이 무효이기에 두 절세고수는 핏물로 화하는 비참한 죽음을 당해야 했지. 그 바람에 천하인들 모두가 혈천독왕 앞에 굴복할 수밖에 없었다. 한데 화혈독비에 의해 죽은 한 절세고수의 딸이 혈천독왕의 제자에게 의도적으로 접근해 유혹했다."

"제 아비의 복수를 하겠다는 거였군."

"그렇다. 여인에게 매료된 제자는 마침내 화혈독비로 혈천독왕을 찔러 죽였다. 해독단을 미리 빼돌려 놓았기에 혈천독왕도 핏물로 화해 죽을 수밖에 없었지. 물론 그 제자도 여인의 손에 목숨을 잃었다. 이것이 화혈독비의 비극적인 사연이다."

무불악은 미심쩍은 눈빛으로 활천편작을 힐끗 보았다.

"그렇게 비밀스러운 일을 선배는 어떻게 안 것이오?"

활천편작은 찻잔을 비우고는 하늘로 시선을 들었다.

"그 여인이 바로 약왕전의 창건조사이다."

"아하……."

무불악은 건성으로 고개를 끄덕이다가 벌떡 일어섰다.

"참, 해독단은 어찌 되었소?"

"유감스럽게도 혈천독왕의 제자는 여인을 완전히 신뢰하지 않았기에 두 자루 화혈독비와 두 알의 해독단을 은밀하게 숨겨두었다. 이후 삼백 년 동안 화혈독비의 존재는 잊혀졌는데 이렇게 다시 세상에 출현할 줄은 몰랐다."

"뭐야, 그럼 선배도 해독단의 행방을 모른단 말이오?"

"안타깝게도 그렇다."

무불악은 답답한 심정에 펄쩍펄쩍 뛰었다.

"젠장, 말도 안 돼! 화혈독비에 대해 누구보다 상세히 알고 있는 약왕전에서 모른다면 누가 알고 있단 말이오?"

활천편작은 지그시 눈을 감았다.

"누군가는 알고 있지 않겠느냐?"

"선배, 그 말의 의미가 뭐요? 해독단의 소재를 알고 있는 사람이 있다는 거요?"

"확실하지가 않아 언급하기가 곤란하구나. 지금 네 상태라면 정보를 얻기 위해서 살상도 마다하지 않을 테니 애꿎은 사람이 죽을 수도 있으니 말이다."

무불악의 표정이 서늘해졌다.

"선배, 운지가 죽으면 내가 어떻게 변할지 모르겠소. 세상을 피로 씻는 살인마가 될 수도 있소. 그러니 당장 밝히시오."

"너는 운지라는 여인과 어떤 관계냐?"

"그냥 친구요."

"그 여인을 사랑하느냐?"

"그냥 친구라고 하지 않았소? 사랑 따위는 모르겠고… 버러지처럼 죽어가는 나를 구해준 여인이 바로 운지요. 난 평생 남의 도움 따위는 모르고 살았는데 운지가 나를 구해주었소. 물론 서로 한 번씩 구해준 적도 있지만… 운지는 나를 믿고 의천무경까지 전수해 주었소. 세상에서 가장 총명한 여인이 정말 어리석게도 나 같은 놈을 믿고 절기를 알려주었소. 그런 여인이기에 반드시 구해야 하오."

"네게는 확실히 소중한 여인이로구나."

"그렇소. 운지를 구할 수 있다면 무엇이든 할 것이오. 만일 운지가 죽으면… 선배와 약왕전의 모든 제자들부터 요절을 낼 테니 그리 아시오."

무불악의 섬뜩한 공언에 활천편작은 긴 한숨을 토하며 스르르 눈을 떴다.

"가장 많은 정보를 지닌 사람이 당연히 해독단의 행방도 알고 있지 않겠느냐?"

우회적인 답변이지만 무불악은 대번에 알아들었다.

"이해했소. 시간은 얼마나 필요하오?"

"길어야 칠 일이다. 내 모든 의술을 동원해 독기의 확산을 막아보겠지만 그 이상은 어렵다. 시일이 늦어지면 설사 해독단을 구한다 해도 평생 불구자로 살아야 한다."

"칠 일!"

무불악은 주먹을 불끈 쥐었다.

"반드시 그 안에 해독단을 구해 돌아오겠소. 그때까지만 운지를 책임지시오."

허공으로 치솟은 무불악은 비행술을 전개해 순식간에 하늘 저편으로 사라졌다.

활천편작은 심각한 모습으로 몸을 일으켰다.

"화혈독비가 다시 세상에 출현하다니……. 그 악마적인 병기가 아직 한 자루 더 남아 있으니 그 또한 걱정이구나."

3

안휘성 몽산의 천해문 총단.

세상에 널리 알려진 명성에 비해 천해문 총단은 조금도 화려하지 않았다. 검소하다 못해 빈티가 역력해 이곳이 과연 천해문 총단인지 의심스러울 정도였다.

하지만 외양과 상관없이 천해문을 찾아와 어려움을 하소연하고 해결책을 찾으려는 사람들로 인해 총단 주변은 항상 북적였다.

본래 천해문은 무력을 앞세우는 문파가 아니기에 경계가 허술한 편이었다. 한데 언제부터인지 총단 주변에 높은 망루를 세워 외부인의 진입을 예의 감시하고 있었다.

망루의 무사들은 상부로부터 비상경계를 하달받았기에 눈

을 부릅뜬 채 진입로와 수림을 주시했다.

이때 하나의 인영이 하늘 저편에서 쏜살같이 날아들었다.

머리카락이 온통 헝클어졌고 장삼도 여기저기 찢긴 남루한 차림의 청년은 다름 아닌 무불악이었다.

호남성 서부에서 안휘성 몽산까지 무려 사천여 리를 나흘 만에 주파했으니 혼신의 힘을 다한 행보였다.

그는 사흘 밤을 꼬박 새우며 달빛도 없는 캄캄한 밤에도 별빛에 의존해 비행술을 전개했다. 먹는 시간도 아까워 달리면서 대충 식사를 때워야 했다.

망루의 무사들은 그동안 두 차례나 무지막지한 행패를 부린 무불악을 똑똑히 기억하고 있었기에 대뜸 그를 알아보았다.

"사해천악이다!"

"저 악당이 왜 또 찾아온 거야?"

망루의 무사들이 연이어 폭죽을 쏘아 올리자 의뢰인들을 접수하던 천해문 무사들이 급히 대문을 닫아걸었다.

"오늘 영업은 끝났소! 모두들 돌아가시오!"

대기 표찰을 받아 들고 한 시진 넘게 기다린 의뢰인들은 영문을 몰라 연신 불만을 터뜨렸다.

무불악은 곧바로 정문을 향해 달려갔다. 그는 대문을 막아선 무사들이 눈에 띄자 사납게 외쳤다.

"뒈지기 싫으면 당장 문 열어, 새끼들아!"

무사들은 무불악의 무시무시한 기세에 잔뜩 주눅이 들어 대문을 활짝 열었다.

대문으로 들어선 무불악은 곧바로 총사각으로 향했다. 앞에 걸리는 무사들은 이유도 없이 얻어맞고 나자빠져야 했다.

무불악이 들어서자 서류를 검토하고 있던 마의여인이 의자에서 일어섰다.

“오늘은 또 어쩐 일이십니까?”

병색이 완연한 얼굴인데 목소리가 아주 냉랭했다. 여인은 천해문의 문주 대행을 맡고 있는 십절예화 정소빈이었다.

성큼성큼 다가선 무불악은 대뜸 정소빈의 멱살을 쥐고는 탁자 위에 눕혔다.

“악, 왜… 왜 이러는 겁니까?”

정소빈이 악을 써대자 무불악은 간장검을 뽑아 들었다.

“아가리 닥치고 잘 들어. 딱 한 번만 묻겠다. 내가 왜 냄새 나는 이곳을 다시 찾아왔는지 알고 있느냐? 모른다고 대답하면 당장 네년을 동강내 버리겠다.”

정소빈은 분한 마음에 눈물을 글썽이며 외쳤다.

“명색이 천하의 영웅이. 이래도 되는 겁니까? 공자는 무력만 앞세우는 소인배입니다!”

“이것들은 정말 두려움이 없어. 난 영웅이 아니니까 큰 기대는 하지 마라.”

무불악은 정소빈의 앞자락을 움켜쥐고 부욱 뜯었다.

"아앗!"

정소빈이 자지러진 비명을 토하며 가슴을 감싸 안았다. 그녀는 서러운 눈물을 흘리며 대답했다.

"아… 압니다. 무 공자는 화혈독비 때문에 오셨을 겁니다."

무불악은 비로소 멱살을 놓아주고 검을 꽂았다.

"계집애, 아직 죽을 팔자는 아니로군."

탁자에서 내려선 정소빈은 옷자락을 당겨 찢겨 나간 부위를 가리고는 눈물을 닦았다.

"이 수모를 잊지 않을 겁니다."

"그래, 열심히 기록해 둬라."

무불악은 의자를 끌어다 앉았다.

"사흘 밤을 꼬박 달려왔더니 정말 피곤하군. 따뜻한 차와 식사를 내와라."

"무 공자, 이곳은 천해문 총단입니다. 최소한의 예의는 갖춰주십시오."

"닥쳐. 당장 귀 큰 늙은이를 데려와라. 오늘은 반드시 죽여야겠다."

무불악이 천이만사통을 거론하자 정소빈의 기세가 다소 꺾였다. 무불악과는 여러모로 악연으로 얽혀 있기에 천해문이 떳떳한 처지는 못 되었다.

"나 총사는 멀리 떠나셨어요."

"네년 말은 믿지 못하겠다. 하지만 지금은 내가 급한 상황이라 귀 큰 늙은이는 나중에 죽이겠다."

정소빈은 무불악에게 따뜻한 차를 따라주고는 시비를 불러 식사를 주문했다.

"무 공자, 화혈독비에 대해서는 저희도 아는 바가 없습니다."

"내가 원하는 것은 병기가 아니라 해독단의 소재다. 누가 화혈독비의 해독단을 가지고 있느냐?"

"죄송해요. 해독단에 대해서는 전혀 아는 바가 없어요."

"그래?"

총사각을 나선 무불악이 냅다 검을 휘둘렀다.

"아아악!"

"크억!"

처절한 비명 소리가 난무했다.

놀라 뛰쳐나온 정소빈은 눈앞의 참상에 부르르 전율했다.

총사각 주변을 경계하고 있던 무사 다섯 명이 몸이 동강나 핏물 속에 널브러져 있었다.

"흑……!"

정소빈은 비통한 눈물을 뿌리고는 무불악을 쏘아보았다.

"잔악한 살인마! 무고한 사람들을 이렇듯 죽여도 되는 겁니까?"

"세상에서 나를 두려워하지 않는 족속은 너희 천해문 놈들

뿐이다. 복수를 하겠다면 당장 덤벼라. 아니면 해독단의 소재를 밝혀라."

"당신이 잔혹하기는 해도 혈마를 죽인 영웅이라 달리 생각하려 했는데… 역시 악인은 어쩔 수 없군요."

"고년, 여전히 주둥이를 나불대는군."

무불악은 마당 건너편의 전각을 향해 일권을 내질렀다.

콰아앙!

요란한 폭음이 터지며 전각이 통째로 주저앉았다. 난데없는 날벼락에 전각 안에 머물러 있었던 십여 명이 기둥과 벽돌 더미에 깔려 죽었고 더 많은 숫자가 부상을 당했다.

정소빈은 차마 직시할 수가 없어 두 손으로 얼굴을 가리며 총사각 안으로 뛰어들었다.

"그만! 그만 해요!"

무불악은 충분히 압박을 가했다 싶어 천천히 총사각 안으로 들어섰다.

정소빈은 창가에서 오열하고 있었다.

명색이 문주 대행으로서 제자들이 무참히 죽는 상황을 저지하지 못한 자책과 서러움의 눈물이었다.

무불악은 차를 단숨에 들이켜고는 퉁명스레 내뱉었다.

"네년의 거짓된 눈물은 전혀 감동적이지 않다. 해독단의 소재를 대라. 알면서도 말하지 않으면 총단이 박살날 것이고 몰라도 네년은 내 손에 죽는다. 어서 밝혀라."

정소빈은 눈물을 닦고는 차갑게 응수했다.

"정보 제공에 대한 대가는 어떻게 치르겠습니까?"

"훗, 이제 슬슬 본색이 나오는군. 천해문 제자들이 죽은 것은 네년의 욕심 때문이다. 순순히 불었으면 피를 볼 일도 없었다. 한데 네년은 정보를 비싼 값에 팔기 위해 일부러 뜸을 들였어. 네년은 정말 추악한 계집이다."

"말 삼가세요. 그런다고 무 공자의 죄가 정당화되지는 않습니다."

"고년, 아직도 혓바닥이 살아 있군."

이때 시비가 새파랗게 질린 모습으로 식사를 가져왔다.

무불악은 시비의 손에 은덩이를 쥐어주었다.

"밥값이다."

시비는 감히 사양하지 못하고 부리나케 총사각을 나갔다.

무불악은 허겁지겁 음식을 먹었다.

"니미, 되게 맛없네. 이것도 요리라고 내온 거냐?"

정소빈은 무불악과 대면하기도 싫어 창밖만 바라보았다.

"화혈독비의 극독은 혈천독왕이 제조한 해독단으로만 치료될 수 있다고 들었어요. 해독단은 세 알뿐인데 그 소재에 대해서는 아직 확인된 바 없습니다. 다만 풍문에 의하면 황금문의 보물창고에 화혈독비와 해독단이 보관돼 있다고 합니다."

“황금문? 확실한 거냐?”

“말했잖아요? 풍문일 뿐 정확한 정보는 아닙니다. 혹시 황금문에서 찾아내지 못해도 제게 책임을 묻지 마세요.”

“정소빈, 너는 화훼문에다 나를 팔아먹은 추악한 계집이다. 귀 큰 늙은이가 책임자이니 그 늙은이가 죽을 때까지 나한테 죄인 된 심정으로 대가리를 숙여야 한다.”

무불악은 음식 접시를 탁자 위에 던졌다.

“잘 들어. 만일 내가 황금문에서 해독단을 얻게 되면 천이만사통의 목숨을 반년 더 연장해 주겠다. 하지만 내가 해독단을 얻지 못해 천기무화가 죽게 되면… 너희 천해문부터 작살날 것이다.”

정소빈이 반쯤 몸을 돌렸다.

“의외로군요. 한 언니를 깊이 연모하고 있는 줄 몰랐어요.”

“넘겨짚지 마.”

“한 가지 알고 싶은 게 있어요. 대체 누가 화혈독비로 언니를 찌른 거죠?”

“넌 몰라도 돼.”

“세상에 그런 악인은 흔치 않은데 혹시… 은사호리인가요?”

정확한 추정에 무불악은 내심 흠칫했지만 덤덤한 어조로 응수했다.

"그년이 감히 천기무화와 맞설 적수나 되겠어?"

무불악은 총상각을 나서며 엄중한 경고를 남겼다.

"내가 해독단을 구하기를 간절히 기원해라. 그래야 최소한 네 목숨은 부지할 수 있을 테니까."

무불악이 사라지자 정소빈은 겨우 안도하며 가슴을 내리쓸었다.

"나쁜 자식, 반드시 죽여 버리고 말겠어."

그녀는 다양한 재주와 풍부한 학식, 뛰어난 무공으로 중원삼화의 일인으로 추앙받는 십절예화다. 그런 그녀가 무불악에게 지독한 굴욕과 수모를 당했으니 너무도 원통했다.

이때 털모자를 깊숙이 눌러쓴 노인이 들어섰다.

천해문의 총사인 천이만사통 나단이 온화한 어조로 정소빈을 위로했다.

"잘 참았네, 소문주."

정소빈은 발을 구르며 날카롭게 소리쳤다.

"총사, 대체 언제까지 저 불한당의 횡포를 감내해야 하는 겁니까? 놈은 우리 천해문을 발톱의 때만큼도 여기지 않는 자입니다. 계책을 세워 죽여 버립시다."

"사해천악 제거는 신중하게 결정해야 하네. 그자의 무공은 빠른 속도로 급증하고 있네. 삼대천마와 격돌하면서 혈마를 참살했으니 그자의 무공은 상상을 초월하네. 확인되지 않은 정보이지만 그자는 철마산에서 검마와 대결을 벌였다고도 하더군. 무공뿐 아니라 심기까지 깊은 자라 계책을 세워도 제거하기가 쉽지 않네.”

“총사도 보셨잖아요? 무고한 제자들이 놈에 의해 무참하게 살해됐어요.”

“내 불찰일세. 금마곡의 우내삼기를 귀환시켜야 하는 의뢰 때문에 그자를 이용하려 한 것인데… 그자를 너무 가볍게 보았네.”

정소빈은 연신 씨근거리며 비분함을 곱씹다가 겨우 감정을 자제했다.

“알겠어요. 지금은 한 언니를 구해야 하는 상황이니 참기로 하죠.”

“잘 생각했네.”

나단은 바닥에 흩어진 서류를 주워 탁자에 올려놓았다.

정소빈이 눈알을 또르르 굴리다가 물었다.

“총사, 황금문에 정말 화혈독비의 해독단이 있을까요?”

“화혈독비는 사용이 금지된 병기이기에 황금문에서 보유하고 있지는 않겠지만 해독단은 지니고 있을 가능성이 높네. 하지만 삼백 년 만에 화혈독비가 출현했으니 만약의 사태에 대비하기 위해서라도 해독단을 쉽게 내주지 않을 것이네.”

“그렇다면 무불악이 황금문과 대판 싸움을 벌이겠군요?”

“황금문은 계산이 빠른 자들이 주판알을 튕기겠지. 지금 무불악은 어떤 조건도 수용할 수밖에 없는 처지이니 황금문은 유리한 거래를 할 것이네.”

정소빈은 다소 실망스런 표정을 지었다.

“이참에 황금문에서 놈을 죽여주었으면 좋겠는데…….”

“천기무화를 구하는 것이 급선무이니 소문주는 그만 감정을 접게나. 그리고 은사호리의 행방을 수소문하는 데 주력해야 할 것이네.”

“은사호리가 화혈독비로 한 언니를 찌른 게 확실한가요?”

“여러 가지 정황으로 판단하건대 거의 확실하네. 그 악녀가 천기무화의 지혜를 이용해 팔선월무도의 비밀을 알아낸 후 기습을 가한 것으로 추정되네. 만일 악녀가 신기자의 보물을 수중에 넣으면 커다란 골칫거리가 될 것이야.”

정소빈은 별반 우려하지 않았다.

“총사, 세상이 혼탁해야 우리 천해문이 번창하잖아요?”

“은사호리 또한 무불악만큼이나 위험한 존재일세. 일단 악녀의 소재를 파악해 놓아야 우리가 또 한 고비를 넘길 수 있을 것이네.”

털모자를 벗은 나단은 자신의 커다란 귀를 매만졌다.

“무불악이 반년 동안 나를 죽이지 않겠다고 했으니 이제 정식으로 업무를 처리하겠네.”

4

황금문.

화훼문의 몰락으로 천하삼문의 의미가 퇴색해졌지만 황금문은 삼문 중 최강의 전력을 보유하고 있다. 그들이 마음먹고 은자를 풀면 순식간에 수천 명의 용병 부대를 결성할 수 있기에 어찌 생각한다면 잠재적인 천하 최대의 방파다.

그러나 황금문은 대부분의 문제를 황금으로 해결했기에 자체적인 무력을 드러낸 적은 거의 없었다.

휘하 지부가 도적들에 의해 약탈을 당해도 총단에서 직접 토벌대가 출동하지 않는다.

황금문은 지부를 습격한 도적들의 씨가 마를 때까지 용병들을 고용해 보복을 하기에 웬만한 녹림도적들도 황금문과 원한을 맺기를 원치 않는다.

세상의 모든 향락을 누릴 수 있기에 강호인들에게 가장 매력적인 문파.

그곳이 바로 황금문인 것이다.

호북 융중산 기슭의 황금문 총단.

이틀 만에 이천여 리를 달려온 무불악은 황금문의 위용에 찬 고루거각이 눈에 들어오자 신형을 멈추며 잠시 숨을 돌렸다.

같은 문파라도 난민촌과 같은 천해문과는 확실히 비교가 되었다.

쭉 뻗은 진입로에는 값비싼 대리석 석판이 깔렸고 좌우에는 기이한 형태의 나무들이 줄 지어 심어져 있었다. 계단식으로 조성된 전각 지붕은 금빛으로 번쩍였고 하늘을 찌를 듯 치솟은 망루도 화려하게 채색돼 있었다.

이를 본 무불악의 입에서 절로 욕설이 터져 나왔다.

"새끼들, 완전히 돈으로 처발랐구먼."

그 역시 대다수 사람들처럼 빈곤한 어린 시절을 보냈기에 가진 자에 대한 막연한 반감은 어쩔 수 없었다.

다각다각……!

간간이 진입로를 따라 마차와 교자가 오가는데 모두가 비단과 장신구로 몸을 휘감고 있었다.

무불악은 먼 길을 달려오느라 헝클어진 머리카락을 가다듬지도 않고 황금문 정문 앞으로 다가갔다.

정문의 높이는 오 장에 달해 웬만한 성문과 견줄 정도였다.

정문 좌우로는 단정한 복장의 무사들이 도열해 있는데 마치 병사들처럼 표정이 근엄했다.

방문객이 찾아오자 집사로 보이는 중년인이 방명록을 들고 다가섰다.

"귀하는 무슨 용무로 본 문을 찾아오셨소?"

"황금문의 문주를 만나러 왔소."

무불악이 대뜸 문주와의 대면을 청하자 집사의 표정이 묘하게 일그러졌다.

집사는 무불악의 추레한 모습을 훑어보고는 표정을 굳혔다.

"지금 본 문에 시비를 걸려고 온 것이오?"

무불악은 황금문에 대한 인식이 좋지 않았기에 곧바로 반발했다.

"시비는 네가 거는구나? 난 무불악이란 사람이다. 당장 문주를 만나야겠으니 안내해라."

무불악이 신분을 밝히자 집사는 기겁하며 뒤로 물러섰다.

"허억? 저, 정말 사해천악이란… 말씀이시오?"

"그렇다. 나를 사칭하는 놈이 또 있단 말이냐?"

무불악이 정문으로 향하자 부동자세로 서 있던 무사들이 절도있게 이동해 가로막았다.

"꺼져!"

무불악은 신경질적으로 소매를 휘저었다.

퍼퍼펑—!

스무 명에 달하는 무사들이 가을바람의 낙엽처럼 나가동그라졌다.

"침입자다!"

"저지하라!"

무사들이 병기를 뽑아 들고 무불악을 에워싸자 집사가 급히 뛰어들었다.

"멈춰라! 당대의 영웅 사해천악 무불악 공자이시다! 어서

문주와 삼상께 고하라!"

둥… 둥… 둥……!

둔중한 북소리가 울려 퍼지는 가운데 황금문 무사들이 속속 처소를 나와 진입로 좌우에 길게 도열해 섰다. 이미 지시를 받았는지 그들은 무불악이 앞을 지나가자 정중히 예를 올려 환대했다.

"무불악 영웅을 뵈옵니다!"

황금문 무사들의 환대는 황금문주의 처소인 금낙전(金樂殿)에 이를 때까지 계속되었다.

무불악은 조금이라도 자신을 저지하려는 기색을 보이면 일전을 불사할 생각이었지만 상대가 환대로써 맞이하자 심기를 다소 누그러뜨렸다.

금낙전 앞으로는 네 사람이 마중 나와 있었다.

무불악은 그들 중 한 사람은 알아볼 수 있었다. 산서성 태원의 도박장에서 한판의 도박을 벌인 적이 있는 사람이었다.

쥐 형상의 노인은 바로 황금문 삼상 중 도상 헌원산이었다.

황금 삼상 중 돼지 형상의 금포노인은 상거래를 관장하는 금상(金相)으로 금주판을 가슴에 품고 있었다.

그나마 사람의 모습을 갖춘 중년여인은 풍만한 젖가슴이 절반쯤 드러나 보이는 나삼을 걸쳤는데 그녀가 바로 향상(香相)이었다.

이들 황금 삼상을 대동한 노인은 보기에도 골골해 보이는 금발 노인이었다. 손에 황금 지팡이를 쥐었는데 기관지가 좋지 않은 듯 연신 기침을 해댔다.

황금문주 금천대인(金天大人) 백만복(白萬福).

특이한 금발을 제외하면 천하제일의 부호로 생각하기에는 부족함이 많아 보이는 용모였다.

"콜록, 방문을 환영하오, 무 공자."

백만복이 황금 삼상을 대동해 먼저 예를 표하자 무불악도 상대의 연로함을 감안해 마주 답례했다.

"이렇게 불쑥 찾아와 미안하오."

"당치 않소."

백만복은 향상에게 눈짓을 던졌다.

"향상, 귀한 손님을 어서 모셔라."

"예, 문주."

향상 홍사미(紅思美)가 펑퍼짐한 둔부를 흔들며 다가섰다.

"호호, 어서 드시지요, 무 공자."

색기가 물씬 풍기는 여인이지만 다소 통통한 체구로 몸매는 형편없었다.

다섯 사람은 금낙전 접견실로 들어섰다.

바닥에 깔린 푹신한 융단, 벽에 두른 비단과 서화, 서역산 도자기 등은 호화로움의 극치를 보여주었다. 찻주전자와 찻잔 또한 명품이라 입에 대기가 부담스러울 정도였다.

차를 한 모금 마신 무불악은 그윽한 향기와 깊은 맛에 내심 감탄했다.

'천해문의 나뭇잎 삶은 물과 확실히 비교가 되는군.'

문주 백만복이 정식으로 향상과 금상을 소개했다.

"도상과는 이미 면식이 있을 테니 향상과 금상을 소개해 드리겠소. 홍사미와 전풍(田豊)이오."

"문주, 내가 워낙 급한 상황이라 한가하게 담소를 나눌 시간도 없소. 먼저 용건을 말씀드리겠소."

"얘기해 보시게."

"지금 당대의 여협이 화혈독비에 찔려 사경을 헤매고 있소. 한데 오직 전용 해독단만이 화혈독비의 극독을 해소할 수 있다고 하오. 내가 듣기로 황금문에서 해독단을 보유하고 있다기에 이렇게 찾아온 것이오."

백만복이 가슴을 문질렀다.

"콜록, 금상은 최대한 무 공자의 용무를 도와드려라."

"예, 문주님."

자리에서 일어선 금상 전풍이 벽의 책장에서 두툼한 장부를 꺼내 가져왔다.

"화혈독비의 해독단이라 하셨소? 약 이름이 뭐요?"

"약 이름……?"

무불악은 떨떠름한 표정으로 대답했다.

"약 이름은 모르겠고… 하여간 세상에서 세 알밖에 없는 해독단이오."

전풍은 무불악 앞에 장부를 펼쳐 놓았다.

"무 공자, 보시다시피 본 문의 약재 창고에는 수만 종의 약재가 보관돼 있소. 나름대로 분류를 해놓았지만 정확한 약 이름을 알아야……."

"지금 장난해?"

무불악은 냅다 탁자를 걷어찼다.

침향목 탁자가 엎어지면서 귀한 다기가 박살나고 여기저기 파편이 튀었다.

"문주님, 괜찮으십니까?"

홍사미가 급히 백만복을 감싸며 보호했다.

헌원산과 전풍이 백만복을 보호하기 위해 가로막았다. 헌원산이 준엄하게 꾸짖었다.

"이 무슨 행패냐? 혈마를 참살한 영웅이라 예우해 주었더니 막돼먹은 불한당이구나?"

화기애애하던 분위기가 갑자기 일촉즉발로 험악해졌다.

무불악은 싸늘하게 내뱉었다.

"너희들도 듣는 귀가 있고 생각하는 머리가 있으니 내가 왜 황금문을 찾아왔는지 짐작하고 있을 것이다. 천기무화가 화혈독비에 중독돼 죽어가고 있는데 한가하게 약 이름이나 읊으란 말이냐? 너희들이 해독단을 지녔다면 천기무화를 위해 마땅히 앞서 내놓아야 하는 게 순리다. 한데 수만 종의 약

재를 보관하고 있어 모르겠다고? 지금 누구를 희롱하는 것이
냐?"

"무 공자, 화혈독비는 삼백 년 이래 출현한 적이 없는 마병
이었소. 해독단 또한 사용된 적이 없으니 그것이 본 문에 있
는지도 확실하지 않소. 그래서 약 이름을 물어본 것뿐인데 그
것이 무슨 잘못이란 말이오?"

"닥쳐! 화혈독비의 해독단이 아무 약방에서나 파는 감초인
줄 알아? 화혈독비에 찔린 사람을 구할 수 있는 유일한 구명
약이란 말이다. 너희 중 누가 화혈독비에 찔려 죽을 수도 있
는데 그런 귀한 해독단이 있는지도 잘 모르겠다고?"

무불악은 간장검을 뽑아 들었다.

"이 검에는 천기무화의 피에서 흘러나온 화혈독이 묻어 있
다. 이 검으로 문주를 찌르겠다. 그래도 너희들이 한가하게
약재 장부나 뒤적거리는지 보겠다."

무불악이 검을 뽑아 들고 다가서자 황금 삼상은 백만복을
보호해 뒤로 물러섰다.

"호위금대는 출동하라!"

홍사미가 날카롭게 외치자 창문을 통해 무사들이 들이닥
쳤다. 그들은 백만복 앞에 도열해 인간 장벽을 형성했다.

무불악은 검을 들어 무사들에 의해 가려져 있는 황금문주
를 가리켰다.

"황금문주, 해독단 하나 때문에 화훼문처럼 봉문을 당하고

싶소? 당장 결단을 내리시오!"

그러자 백만복의 침중한 음성이 들려왔다.

"향상, 애들을 물려라. 금상은 직접 약재 창고로 가서 해독단을 찾아와라. 콜록콜록.."

"문주님, 하오나……."

"어서!"

"예, 알겠습니다."

홍사미가 명을 내리자 호위금대는 순식간에 창문을 통해 사라졌다.

급박한 상황이 해소되자 무불악도 간장검을 회수했다.

"황금문주, 좋게 끝냅시다. 나도 반드시 해독단을 구해야 하는 입장이니 피까지 보고 싶지는 않소."

그는 접견실을 나서는 전풍의 뒤를 따랐다.

"내가 한가하게 기다릴 시간이 없소. 한시가 급하니 나도 찾아보겠소."

백만복은 홍사미의 부축을 받으며 걸음을 옮겼다.

"모두 약재 창고로 가보자."

약재 창고로 들어선 무불악은 입을 다물지 못했다.

창고가 얼마나 넓은지 끝이 보이지 않았다. 약장만 해도 수백 개는 될 것 같았다. 약장 하나마다 서랍이 백 개도 넘으니 수만 종의 약재가 보관돼 있다는 말이 결코 허언은 아니었다.

'돼지 새끼가 헛소리를 한 것은 아니로군.'

무불악은 공연히 행패를 부린 것이 마음에 걸렸지만 사과하고 싶은 마음은 추호도 없었다.

금상은 약재 창고 관리자들을 소집해 수색을 지시하고는 자신도 직접 약장을 뒤졌다.

홍사미와 헌원산은 무불악이 다시 행패를 부릴 것을 우려해 백만복 좌우에서 밀착 경호했다.

"콜록콜록."

백만복은 오래 서 있기도 힘겨운지 의자에 앉았다.

무불악은 그의 기침병이 이해가 되지 않았다.

"백 문주, 약재가 산더미처럼 있는데 기침병을 고치지 못하는 것이오?"

"체질인 것을 어찌하겠소?"

"그래도 천년삼왕이나 선과와 같은 영약을 복용하면 치료될 것 아니오?"

"콜록, 수천 금이나 나가는 그 귀한 약재를 어찌 함부로 복용할 수 있겠소?"

백만복의 답변에 무불악은 할 말을 잊었다.

'지금 이 늙은이가 무슨 소리를 하는 거야? 동정호를 가득 메울 재물을 지녔으면서 자신의 병을 치료하는 데는 비싼 약재를 마다한다고?'

이때 전풍이 소반에 여러 개의 약병과 약 상자를 담아 가져왔다.

"문주님, 화혈독비의 해독단으로 추정되는 약이외다."

무불악이 소반에 담긴 약병들을 쓸어보았다.

"아니, 뭐가 이렇게 많아?"

금상이 딱딱한 어조로 답변해 주었다.

"무 공자, 화혈독비가 삼백 년 이래 출현하지 않았듯이 해독단 또한 출현한 적이 없소. 한데 본 문 창건 이래 화혈독비의 해독단이라며 구매를 요청한 자들은 여럿 있었소. 대부분 가짜로 의심되지만 공자도 알다시피 진짜 화혈독비에 찔리기 전에는 해독단의 진위를 확인할 도리가 없소. 그래서 구매자를 믿고 해독단을 사들이다 보니 이렇듯 많이 모였소."

무불악은 백만복을 돌아보았다.

"이것을 다 가져가란 말이오?"

백만복은 손수건으로 입 주변의 침을 닦았다.

"콜록콜록, 감별 능력이 있다면 재주껏 진짜 해독단만 취하시구려."

무불악도 진짜 해독단을 골라낼 방법이 없기에 모두 가져갈 수밖에 없었다.

"어쨌든 고맙소. 이 안에 진짜 해독단이 있기를 바라겠소."

"무 공자, 본 문에서도 최선을 다해 협조했소. 콜록, 혹시 해독단이 없다고 해도… 본 문에 책임을 묻지 말아주시오."

"있기를 기원해야 할 거요. 천기무화가 이대로 죽는다면…
황금문도 온전하지는 못할 테니까."

말은 그리했지만 황금문에서 성의를 다했음을 알기에 굳
이 책임을 물을 생각은 없었다.

무불악은 약병이 가득 든 바랑을 받아 어깨에 멨다.

"고맙소. 그럼 가보겠소."

한데 돌아서려는 무불악을 백만복이 불러 세웠다.

"무 공자, 아무리 급한 상황이라도… 계산은 하셔야 하지
않겠소?"

"계산? 지금 약값을 달라는 거요?"

"콜록, 당연하지 않소?"

백만복은 전풍에게 물었다.

"금상, 화혈독비의 해독단을 구입하는 데 얼마나 돈을 썼
는가?"

전풍은 주판알을 토닥거렸다.

"총 지출 금액은 은자 오천칠백 냥이며 그동안의 보관료와
이자를 합쳐……."

"그만 됐소!"

무불악이 전풍의 말허리를 잘랐다.

"내가 황금문 도박장을 찾아가면 수십만 냥도 따갈 수 있
소. 향후 내가 황금문에서 개설한 도박장을 찾아가는 일은 없
을 것이오. 약값은 그것으로 충분할 거요."

백만복이 기침을 하며 손사래를 쳤다.

"콜록! 무 공자, 다른 것은 몰라도 사람의 생명을 구하는 약값을 그렇게 뭉뚱그려 계산할 수는 없소."

"백 문주, 원하는 게 뭐요?"

"본 문의 실추된 명예를 돌려주셔야겠소. 무 공자는 노부와 황금문을 너무 무시했소."

"지금 내게 사과를 요구하는 거요?"

"콜록, 당대의 영웅께서 함부로 고개를 숙일 수 있겠소? 노부는 접견실을 그대로 놔둘 생각이오."

"그러니까 날보고 청소를 하라 이거로군?"

"콜록, 무 공자가 접견실을 어지럽혔으니 본래대로 회복시켜 놓아야 할 것이오."

무불악은 약병이 든 바랑을 다독였다.

"천기무화가 회생하면 나 대신 청소를 하라고 보내겠소. 그녀는 도리를 아는 여인이니 기꺼이 청소를 할 것이오."

"무 공자, 세상에 결자해지란 말이 있소. 무 공자가 벌인 일이니 무 공자가 해결해야 하오."

백만복의 집요한 요구에 무불악은 부아가 치밀었지만 약을 챙겨준 성의를 생각해 꾹 참았다.

"백 문주의 요구는 천기무화가 회생한 후 생각해 보겠소."

무불악은 목례조차 취하지 않고 약재 창고를 나섰다. 그는 약병이 든 바랑을 가슴에 꼭 끌어안았다.

“이거 늦지나 않았는지 모르겠군.”

몸을 솟구친 그는 비행술을 전개해 허공을 가로질렀다.

남은 시간은 하루 반나절.

천 수백여 리의 여정을 감안한다면 오줌 한 번 쌀 시간도 없었다.

第二十九章
마왕(魔王)의 검

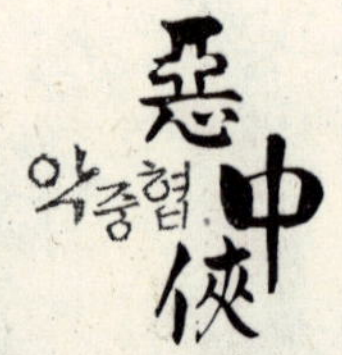
악중협
惡中
俠

1

활천편작의 초옥.

도착하자마자 급히 문을 열고 안으로 들어서는 무불악.

"선배, 나 왔소!"

한운지의 입에 탕약을 흘려 넣어주고 있던 활천편작이 급히 물었다.

"어찌 되었으냐?"

"일단 왕창 구해왔는데… 진짜 해독단이 있는지는 잘 모르겠소."

"이런 변변치 못한 놈! 연모하는 여인의 생사가 걸렸는데 일 처리가 왜 그렇게 형편없는 것이냐?"

"제기, 지난 이레 동안 잠 한숨 못 자고 만 리 길을 뛰어다닌 사람한테 형편없다고?"

무불악은 약병이 든 바랑을 활천편작에게 안겨주었다.

"나도 최선을 다했소. 이러고도 운지가 죽으면 나도 어쩔 수 없소. 솔직히 내 마누라도 아닌데 내가 왜 이렇게 몸 달아 해야 하냐고?"

"그만두자. 너와 실랑이할 시간이 없으니까."

활천편작은 바랑을 열고 약병과 약 상자를 꺼내 들었다.

그는 일일이 뚜껑을 열어 냄새를 맡고 직접 맛을 보기도 했다.

"이런 돌팔이들, 이런 것을 해독제라고 제조했단 말이냐?"

대다수 약병들이 바닥으로 떨어져 박살났다.

약병이 하나씩 줄어들 때마다 무불악은 가슴이 덜컥덜컥 내려앉았다. 그는 약병과 한운지를 번갈아 보았다.

"안 돼… 제발 진짜 해독단이 하나라도 있어야 돼."

이때 밀랍에 싸인 환약을 꺼내 든 활천편작이 밀랍을 쪼개 환약의 냄새를 맡고는 눈을 번쩍 떴다.

"오, 이것이 해독단일 가능성이 높다."

무불악은 심장을 조이는 압박에 숨이 턱 막혔다.

"저, 정말이오? 진품이 있었단 말이오?"

"이 환약의 약재는 노부도 구분할 수 없다. 세상에서 이런 약은 오직 화혈독비의 해독단뿐이다.”

　“그 약 이름이 무엇이오?”

　“생사천명단(生死天命丹)으로 알고 있다.”

　“생사천명단! 어서 복용시켜 보시오.”

　“오냐, 노부도 떨리는구나.”

　활천편작은 환약을 한운지의 입에 넣어주었다.

　쉬이익……!

　한운지의 코와 입에서 시퍼런 연기가 피어올랐다.

　무불악의 입에서 절로 비명이 터져 나왔다.

　“으아아! 해독단이 아니라 독단인 것 같소!”

　활천편작이 환한 표정으로 그를 안심시켜 주었다.

　“인석아, 진정해라. 진품이 확실하다. 저것은 중독이 아니라 독이 중화되는 과정이다.”

　“저, 정말이오?”

　“오냐, 고생 많았다. 이제 운지는 회생이 가능하다.”

　활천편작은 무불악의 어깨를 다독여 주고는 생사천명단의 약효가 빨리 퍼지게 추궁과혈을 시술했다.

　무불악은 잠시 한운지를 지켜보다가 몸을 돌렸다.

　“젠장, 별 같잖은 계집 때문에 내가 생고생을 했어. 어디 살아나기만 해라. 톡톡히 부려먹을 테니까.”

　쪽방으로 들어선 그는 풀을 엮어 만든 자리에 꼿꼿이 엎어졌다.

긴장이 풀리면서 잠이 쏟아졌다.

사람은 잠을 자야 활동하는 생물체다. 잠도 생명 순환의 일종이기에 오랫동안 잠을 자지 못하면 죽는다.

무불악은 천해문과 황금문을 순례하느라 여섯 밤을 꼬박 새웠다. 긴장이 풀리면서 그동안 밀렸던 잠이 홍수처럼 쏟아졌다.

자리에 엎어진 그대로 코를 골았다.

죽음처럼 깊은 잠이었다.

2

"발걸음은 호랑이처럼 날렵하고 한 번 솟구치면 하늘에 이른다!"

대공자 손정휴가 선창하며 검법을 시전하자 독보검궁 검수들이 따라 외치며 일사불란한 동작으로 검법을 펼쳤다.

넓은 연무장에서 펼쳐지는 검수들의 수련 모습은 보기에도 활기찼다. 이백 명이 넘는 검수들이 마치 한 사람처럼 뛰어오르고 검을 휘두르는 광경은 가히 장관이었다.

독보신검 하후패는 단상에 서서 제자들의 수련 과정을 지켜보면서 가슴이 뿌듯했다.

"짧은 연조에도 불구하고 검수들의 실력이 일취월장했다. 용호쌍검이 내 진전만 제대로 계승한다면 본 궁은 검에 관한

한 최고의 문파로 성장할 수 있다."

셋째 제자인 옥안무검 육소항이 횡사한 것이 안타깝지만 생사에 대해 연연해하지 않아야 하는 것이 강호였다.

이때 정문 경비를 담당하던 검수가 달려와 예를 올렸다.

"궁주님, 웬 노인이 이것을 궁주님께 전해달라고 했습니다."

검수가 올린 것은 측백나무의 가지였다.

하후패는 무심코 가지가 잘린 단면을 보다가 눈을 번쩍 떴다.

'이럴 수가!'

가지의 단면은 매끄러울 뿐 특별한 모양은 아니었다. 그러나 하후패와 같은 절세검객의 눈에 비친 단면은 누구도 흉내낼 수 없는 예술이었다.

잠시 단면을 직시하던 하후패는 검수에게 측백나무 가지를 돌려주었다.

"잠시 다녀올 것이다. 다소 늦어지면 이것을 용검에게 보여라."

"예, 궁주님."

검수가 내려가자 하후패는 자신의 처소인 무검각으로 날아갔다.

창천검(蒼天劍).

평생을 함께해 온 애검이다.

하후패는 벽에 걸린 창천검을 꺼내 허리춤에 찼다. 전각을
나선 그는 무검각을 돌아보았다.

"어쩌면 못 돌아올지도 모르겠구나."

독보검궁 정문.

새끼줄로 장발을 묶은 깡마른 노인이 우두커니 서 있었다.
구멍이 숭숭 뚫린 옷에서는 대장장이 특유의 탄내가 풍겼다.
어울리지 않게 허리에 검을 찼는데 잔뜩 녹이 슬어 있어 검이
라기보다 쇠막대에 가까웠다.

이때 하후패가 정문을 나섰다.

"궁주님을 뵈옵니다!"

경비를 서던 검수들이 일제히 예를 올렸다.

하후패는 검수들을 무시한 채 깡마른 노인에게 다가섰다.

"귀하가 내게 측백나무의 가지를 보냈소?"

깡마른 노인은 하후패를 쳐다보지도 않고 고개만 슬쩍 끄
덕였다.

하후패는 노인을 지나쳤다.

"갑시다."

그가 축지술을 펼쳐 순식간에 멀어지자 깡마른 노인이 걸
음을 옮겼다. 순간 깡마른 노인은 땅속으로 꺼진 듯 사라져
버렸다. 가히 유령 같은 몸놀림이었다.

삼십 리 밖 측백나무 숲.

숲 한쪽으로는 잡초만 무성한 공터가 형성돼 있었다.

앞서 공터로 내려선 하후패가 몸을 돌렸다. 일순 눈앞이 어른거리더니 깡마른 노인이 내려섰다.

하후패는 정중히 포권을 표했다.

"귀하와 같은 고수는 난생처음 보았소. 대명을 알고 싶소."

깡마른 노인은 무심한 눈빛으로 하후패를 직시했다.

"내가 잘라 보낸 가지의 단면을 보고 이렇게 나선 것을 보니 자네가 헛된 이름만 높은 하수는 아니로군."

자네라고 했다.

독보검궁의 궁주라면 당금 천하를 호령하는 세 명의 절대자 중 한 사람이다. 그의 신분과 높은 명성을 감안하면 소림의 대원로라도 감히 하대를 할 수 없다. 이는 지독한 불경에 해당된다.

하후패는 의연한 성격의 소유자였지만 다소 모욕감을 느꼈다.

"만일 본인이 나서지 않았으면 어쩔 셈이었소?"

"그랬다면 문을 지키는 조무래기들의 머리를 잘라 보내주려 했네."

"귀하의 말투로 미루어 좋은 의도로 방문한 것은 아닌 것 같소."

“검을 겨룰 뿐인데 좋고 나쁨이 있겠는가?”

“검을 겨루겠다…….”

하후패는 깡마른 노인의 허리춤에 걸린 녹슨 쇠막대를 보고는 가볍게 눈살을 찌푸렸다.

“그것이 귀하의 검이오?”

“그렇다고 할 수 있네. 본래는 내 심혼이 담긴 검을 제작하려 했는데 웬 놈이 찾아와 훼방을 놓는 바람에 생각을 바꾸었네. 내가 아무리 심혈을 기울여도 전설의 신검을 제작할 수 없다는 것을 깨닫게 되었지.”

“그자가 누구요?”

“어린놈인데 말투가 아주 고약하네. 녀석은 자네의 일검을 받아냈다며 무슨 대단한 공적처럼 떠벌리더군.”

하후패는 노인의 검 제작을 방해한 훼방꾼이 누구인지 대번에 짐작했다.

“무불악! 그를… 만난 것이오?”

“그러하네. 녀석의 검법은 아직 미숙해 노부의 적수가 될 수 없었네. 한데 녀석의 얘기를 듣고 자네와 한번 겨루고 싶은 충동이 들더군.”

“…….”

노인의 정체를 간파하기 위해 유심히 관찰하던 하후패가 일순 가볍게 전율했다.

“검마! 검마 구주파천?”

깡마른 노인의 입가에 메마른 미소가 감돌았다.

"독보신검, 이제 한 번 겨룰 마음이 드는가?"

그러했다. 깡마른 노인은 다름 아닌 오대천마의 맏형 격인 검마 구주파천이었다.

전대 최강의 마검과 당대 최고의 신검.

마침내 두 검객이 삼십 년 세월을 넘어서 조우한 것이다.

독보신검이 창천검을 뽑아 들자 구주파천도 녹슨 쇠막대를 가슴께로 치켜들었다.

두 사람 사이의 거리는 칠 장이나 되었지만 그들의 초절한 무공을 감안한다면 오히려 가까운 거리라 할 수 있었다.

독보신검은 창천검에 최고조의 진기를 주입시켰다.

"비록 마검이라 해도 구주파천의 검과는 한 번 겨뤄보고 싶었소."

"삼십 년 만의 대결이라 나도 조금 흥분이 되는군."

"실망하지 않기를 바라겠소."

두 사람은 대화를 멈추고 대치 상태를 유지했다.

휘이이잉……!

바람을 타고 날아들던 낙엽이 두 사람 사이의 공간에 이르자 가루로 변해 사라졌다.

마침내 누가 먼저라고 할 것 없이 두 사람은 동시에 검을 내려쳤다.

"차아앗!"

아찔한 섬광이 교차되었다. 그러나 폭음이 들려오지 않았다. 서로가 상대의 초식을 압도하는 초식으로 변환시키는 바람에 정면 대결은 아직 벌어지지 않았다.

마침내 변화를 거듭한 끝에 두 자루 병기가 충돌했다.

콰아앙!

엄청난 굉음에 이어 지표면이 폭발해 올랐다. 아름드리 측백나무가 껍질이 벗겨지면서 앙상한 속심만 남았다.

구주파천은 몸을 회전시키며 녹슨 쇠막대를 비스듬히 내려쳤다.

"무섬사뢰전!"

수백 개의 검형이 급격한 호선을 그리며 날아들었다.

하후패는 검강을 발출해 구주파천의 공격을 파훼하고는 허공으로 솟구쳤다.

"만성낙천세!"

쐐애액—!

수백 수천의 검화가 찬란한 유성우처럼 내리꽂혔다. 검법이라 하기에는 너무도 화려해 하나의 예술로 보였다.

구주파천의 입가에 희미한 미소가 피어올랐다.

삼십 년 이래 묻어두었던 본능적인 호승심이 발동한 것이다.

구주파천은 녹슨 쇠막대로 커다란 원을 그렸다.

검극을 통해 하나의 우주가 형성되면서 수천 개의 검형이 흡수되었다.

"탄—!"

구주파천은 허공에 떠 있는 하후패를 향해 쇠막대를 겨누었다.

피피핑—!

쇠막대 끝에서 무수한 검형이 발출되었다. 잠시 전 하후패가 발출했던 검형이 오히려 구주파천에 의해 재현된 것이다.

상상도 못할 수법에 하후패는 잠시 당혹했지만 검강을 펼쳐 쏟아지는 검형을 막아냈다.

퍼—퍼퍼펑!

잇단 충격에 하후패가 주룩 뒤로 밀렸다.

하후패는 끓어오르는 기혈을 가라앉히며 물었다.

"그것은 무슨 검법이오?"

"검을 다루는데 형식이 필요있겠는가? 화공이 붓 가는 대로 그림을 그리듯 검객 또한 자유로워져야 한다는 게 내 생각일세."

"검즉심(劍則心)을 논하기에는 부족한 것 같소."

"틀린 말은 아닐세. 그래서 자네를 찾아온 것이 아닌가?"

하후패는 창천검을 가슴 앞에 세웠다.

"나도 검 선배의 가르침을 받아보겠소."

눈부신 광휘가 피어오르며 하후패의 형상이 창천검 속으로 스며들었다.

초상승절기 어검술.

마침내 극에 이른 검법이 전개되었다.

번—쩍!

창천검은 엄청난 광휘와 폭풍을 대동해 구주파천을 향해 날아들었다.

구주파천의 무심한 눈에 이채가 감돌았다.

"차앗!"

짤막한 기합성과 함께 쇠막대에서 검은 기운이 뿜어졌다.

암흑.

세상의 모든 빛이 사라졌다. 먹물처럼 짙은 어둠은 하후패의 어검술마저 삼켜 버렸다. 모든 형상이 사라진 가운데 폭음만 연이어 울려 퍼졌다.

콰—콰콰쾅—!

하늘과 땅이 뒤틀리는 어마어마한 진동이 오래도록 계속되었다. 주변 오십 장 이내는 완전히 폐허로 변해 아름드리나무와 바위가 한데 짓이겨졌다.

자욱하게 피어오른 흙먼지가 가라앉는 데에도 한참의 시간이 소요되었다.

구주파천의 남루한 옷은 여기저기 찢겨 걸레쪽이 되었다. 일견해도 가볍지 않은 부상을 당했지만 워낙 표정이 없어 그 정도를 짐작하기 어려웠다.

그러나 흙더미 속에 절반쯤 묻혀 있는 하후패의 부상은 더

욱 심각했다. 오른팔은 어깨까지 뭉개졌고 한쪽 다리도 무릎
서부터 베어졌다. 깊은 내상마저 당했는지 붉은 피를 울컥울
컥 뿜어냈다.

참담한 패배.

독보검궁의 지존으로 이십 년 이래 천하를 호령해 왔던 절
대검객이 패한 것이다.

구주파천은 녹슨 쇠막대를 허리춤에 찼다.

"훌륭한 검법이었네. 다만 형식에서 내가 조금 앞선 것 같
군."

하후패는 왼팔을 짚고 겨우 몸을 일으켜 앉았다.

"과연… 마왕의 검이었소."

"고마운 평가로군."

구주파천은 가볍게 목례를 취하고는 돌아섰다. 걸음마다
피 묻은 족인이 새겨졌지만 몇 걸음을 내디디는 사이 그는 측
백나무 숲 속으로 사라졌다.

하후패는 흙더미에 기대앉은 채 하늘을 올려보았다.

푸른 하늘이 갑자기 암회색으로 보인다. 너무도 처절한 참
패이기에 스스로를 위로할 힘도 없었다.

"내 평생 심득이 이렇게 무너질 줄이야……."

하후패는 왼손을 쳐들어 자신의 천령개로 가져갔다. 패배
의 상심감이 지나쳐 자결을 선택한 것이다. 그러나 그는 최후
의 순간 공력을 해소했다.

"죽음은 언제든지 선택할 수 있다. 패배가 부끄러워 목숨을 끊는 것이 오히려 치욕이다."

그가 갑작스럽게 심경의 변화를 일으킨 것은 구주파천과 격돌하는 와중에 심득을 얻었기 때문이다. 비록 다시 검을 잡을 수 없는 몸이 되었지만 자신의 최후 심득만은 남기고 싶었다.

그것이 평생토록 검을 연마해 온 검객의 도리라고 확신한 것이다.

이때 한 무리의 검수들이 숲 속의 공터로 뛰어들었다. 대공자 손정휴가 이끌고 온 독보검궁의 제자들이었다.

"사, 사부님?"

사부의 참담한 몰골을 대한 손정휴는 그만 얼어붙고 말았다. 독보검궁의 검수들 역시 마찬가지였다. 너무도 충격적인 광경이기에 그들은 차라리 악몽이기를 바랐다. 그러나 모든 것은 현실이었고 도저히 믿기 힘든 독보신검의 패배는 바뀌지 않았다.

"크으, 궁주님!"

검수들은 비통한 눈물을 뿌리며 무릎을 꿇었다.

하후패는 팔과 다리가 훼손된 상황에서도 의연함을 잃지 않았다.

"들것이 필요하겠구나. 어서 준비해 오너라."

독보신검 하후패의 참패!

당대의 절대검객을 격파한 사람이 검마 구주파천임이 밝혀지면서 천하는 또 한 번 경악했다. 모두들 삼십 년 전 구대천마에 의해 짓밟혔던 공포적인 암흑 시대가 재현되는 것은 아닌지 우려했다.

격동의 강호무림이었다.

3

"멍청한 계집, 너 정말 천등성현의 의발전인 맞아? 그런 똑똑이가 어떻게 여우 같은 계집의 간단한 술수조차 파악하지 못했단 말이냐?"

무불악은 한운지가 어느 정도 심신을 회복하자 신랄하게 타박했다.

"그래서 내가 얘기했지? 세상에 믿을 놈 하나 없다고. 너 때문에 내가 얼마나 생고생을 했는지 알아? 이레 동안 잠 한 숨 못 자고 만 리 길을 뺑뺑이 돈 것을 생각하면 지금도 열불이 나!"

한운지는 너무도 큰 신세를 졌기에 죄인 된 심정으로 묵묵히 듣기만 했다.

무불악은 한껏 공치사를 해댔다.

"너 때문에 천해문 귀 큰 늙은이를 반년 더 살려주어야 했어. 무엇보다 정소빈 그 앙큼한 계집을 때려죽이고 싶었지만 꾹 참았다. 황금문에서도 정말 인내심을 발휘했지. 내가 생각해도 정말 성질 많이 죽었더라고.”

한운지는 그의 성격을 잘 알기에 너무도 지극한 고마움을 마음으로 간직했다. 어차피 평생에 걸쳐 갚아야 할 신세였기에 느긋하게 생각했다.

그러다 무불악의 왼손 손가락이 잘려진 것을 보고는 깜짝 놀랐다.

“공자, 손은 왜……?”

무불악은 왼손을 얼른 등 뒤로 감추었다.

“아, 별거 아니야.”

“손가락이 두 개나 잘렸는데 어찌 별것이 아니겠습니까? 대체 어찌 된 일이에요?”

“계집애, 제 목숨 구해준 일에는 무심하더니 남의 손가락에는 왜 관심이 많아?”

한운지가 간곡하게 물었다.

“말씀해 주세요. 대체 무슨 일이 있었던 겁니까?”

이때 탕약을 받쳐 든 활천편작이 들어서며 떠벌렸다.

“진짜 별거 아니다. 검마와 대결했는데 일 초식도 버티지 못하고 나가동그라진 바람에 손가락이 잘리게 되었다. 눈알이 뽑히거나 발모가지가 잘린 것보다야 훨씬 낫지.”

한운지가 소스라치게 놀랐다.

"예에? 검마와… 대결했단 말입니까?"

"대결은 무슨 대결이냐? 하룻강아지 범 무서운 줄 모르고 덤벼들다가 호되게 당한 거지."

무불악이 잔뜩 부운 표정으로 내뱉었다.

"고약한 늙은이, 운지 앞에서 그렇게 날 깎아내려야 시원하겠소?"

"크훗, 네놈도 부끄러움을 아느냐? 얼굴 벌게진 모습이 보기 좋구나."

"젠장, 말을 말아야지."

무불악은 연신 투덜거리며 초옥을 나갔다.

한운지는 서글픈 모습으로 눈물을 글썽거렸다.

"모두 제 불찰입니다. 무 공자와 동행했어야 했는데……."

"너와 동행했다면 너희 둘 모두 죽었을 거다. 검마가 네 사부라면 관이라도 뻐개 복수를 하려 할 텐데 너희 둘을 온전하게 놔두었겠느냐?"

활천편작은 한운지에게 탕약을 건네주었다.

"너무 상심할 것 없다. 녀석은 강한 성격의 소유자다. 팔 하나 잘려도 끄떡하지 않을 놈이야."

"의천무경의 절기로도 검마의 적수가 되지 못했으니 정말 걱정입니다."

"검마는 금마곡에 갇히기 전에도 최강의 마왕이었다. 삼십 년 동안 금제되었다지만 오히려 복수심에 불타 무공 수련에 전념했을 텐데 누가 감히 그를 상대할 수 있겠느냐? 오직 세월만이 그를 쓰러뜨릴 수 있을 뿐이다."

활천편작은 망태를 어깨에 멨다.

"탕약을 마시고 한잠 푹 자거라. 난 나물이나 캐러 가야겠다."

"다녀오세요."

한운지는 활천편작이 초옥을 나가기를 기다렸다가 탕약을 마시고는 침상에서 내려섰다. 하지만 오랫동안 몸져누워 있느라 다리의 근육이 풀려 도저히 걸을 수가 없었다.

한운지는 주변의 대나무를 손질해 협장을 만들었다.

절뚝절뚝……!

나무 그늘 아래 누워 있던 무불악은 한운지가 협장을 짚고 초옥을 나서자 눈을 휘둥그레 떴다.

"뭐야, 벌써 회복된 거야?"

"근육이 너무 약해졌어요. 자꾸 움직여야 회복이 빠릅니다."

"그래, 어서 좀 회복해라. 식사와 설거지하느라 귀찮아 죽겠다."

"미안해요. 이제부터는 소녀가 할게요."

"아직 찬물에 손 담그면 안 되는데……."

무불악이 말꼬리를 흐리자 한운지가 곁에 앉으며 온화한

미소를 띠었다.

"무 공자께서 이렇듯 자상하신 분인지 몰랐어요."

"내가 자상해? 큭, 네가 약을 잘못 먹었나 보구나?"

"얘기를 듣고 싶어요."

"무슨 얘기?"

"철마산에 정말 구주파천이 머물고 있었나요?"

"젠장, 그 끔찍한 마왕은 왜 들먹이는 거야? 정말이지 다시는 만나고 싶지 않다. 뭐, 웬만해야 비벼보기라도 하지? 지금쯤이면 내가 혈마를 죽인 사실을 알았을 테니 반드시 날 죽이려 할 거다. 그래도 검마가 여느 마왕과 달리 아주 흉악한 마왕은 아니더라고……."

무불악은 철마산에서 구주파천과 만나 겨루게 된 상황을 상세하게 얘기해 주었다.

한운지는 골똘히 생각에 잠겼다가 입을 열었다.

"검마도 금라무회대진을 파훼한 자에 대해 잘 모르는 것 같군요."

"뭐야? 검마는 자신의 일초을 제대로 받아내면 놈에 대해 알려주겠다고 했어."

"그것은 무 공자를 자극해 다시 도전하게 만들려는 술책입니다. 검마를 통해서는 무 공자의 원수를 추적하기 어렵겠어요. 검마와 다시 겨룰 생각은 마세요."

무불악은 물끄러미 한운지를 주시했다.

“운지, 난 바보가 아니야. 내가 검마와 다시 싸우다 죽을까 봐 우려돼 네가 거짓말하는 거 다 알아. 당장은 어렵지만 어떻게든 검마의 일초를 받아내 놈에 대해 확인하겠다.”

“검마는 너무도 강한 마왕입니다.”

“아무리 강해도 약점은 있는 법이다. 한 치의 약점도 없다면 그게 사람이겠어?”

무불악은 갑자기 정색하며 화제를 바꾸었다.

“너 말이야, 회복되는 대로 황금문을 찾아가 접견실을 청소해라. 그 골골한 영감이 그래도 자긍심은 있더라고.”

“백 문주를 말씀하시는 거예요?”

“그래, 기침을 해대기에 영약은 됐다 뭐 하냐고 했더니 비싸서 못 먹겠다지 뭐냐? 내가 보기에는 자린고비라서가 아니라 노망난 거야.”

“한데 접견실을 청소해야 한다는 얘기는…….”

“아, 그건 말이야.”

무불악은 황금문을 방문해 잠시 실랑이를 벌이는 와중에 탁자를 뒤엎게 된 사연을 말해주었다.

한운지의 표정이 심각하게 변했다.

“공자, 혹시 백 문주에게서 수상한 점은 느끼지 못하셨어요?”

“수상하다고? 전혀야. 당시는 해독단을 구하는 게 급해 다른 것을 살필 여가가 없었다.”

“뭔가 이상해요. 황금문을 다시 찾아와 접견실을 정리하는 것을 약값으로 대신하겠다는 백 문주의 말이 조금 석연치 않아요. 소녀가 알기로 백 문주가 그렇듯 명예를 중시하는 사람은 아닙니다.”

무불악은 눈을 가늘게 뜨며 콧등을 문질렀다.

“그 말은 백만복이 일부러 다시 황금문을 찾아오도록 유도했다는 얘기인데…….”

“잘됐어요. 그렇지 않아도 황금문에 대해 조사해 볼 생각이 있었는데 자연스럽게 방문할 수 있게 되었군요.”

“황금문은 왜?”

“천풍무국이라는 거대한 단체가 어떻게 창건될 수 있었겠어요? 막대한 자금 지원이 없는 한 불가능합니다. 그 배후에 황금문이 연루돼 있다는 얘기가 분분합니다.”

“그렇군.”

무불악은 시큰둥하게 응수하며 벌렁 누워 팔베개를 했다.

“놈들이 뭔 짓을 하든 무슨 상관이야? 천풍무국의 국주가 계집이라면 옥면잔사는 절대 아니다. 천풍무국과 연관된 사안이라면 관심없어.”

“백 공자를 만나 상세한 얘기를 들었는데, 천향무후라는 여인이 국주인지는 확실치 않다고 했어요.”

“가만, 그러고 보니 열받네?”

무불악이 벌떡 일어나 앉았다.

"너 그동안 백을천과 동행했지? 내가 함께 가자고 했을 때는 정색하며 달아나더니 백을천과는 다정하게 동행을 해?"

"저어, 본래는 천풍무국에 대한 정보만 들으려 했는데……."

"그러니까 녀석은 믿을 수 있고 나는 믿을 수 없다는 거냐? 녀석은 사람이고 나는 짐승이라 이거냐?"

집요한 공박에 한운지는 진땀을 흘리다 못해 울상이 되었다.

"죄, 죄송해요. 그럴 의도는 전혀 아니었는데……."

"됐어!"

무불악은 한운지를 끌어안으며 얼굴을 가까이 들이댔다.

"이제 오대천마가 아니라 사대천마다. 나머지 네 명의 마왕을 마저 죽이면 넌 내 거다, 무슨 말인지 알아?"

第三十章
믿을 수 없는 게 명성

第三十章
믿을 수 없는 게 명성

惡中俠 악중협

사련회(邪聯會).

흑도의 문파라 해도 오십 년의 연조라면 전통을 내세울 정도는 된다.

한때 산동 최강의 문파로 널리 이름을 떨친 사련회였지만 작금에 이르러서는 겨우 명맥만 이어가고 있었다.

그 이유는 산동성과 안휘성의 경계에 자리 잡은 무적궁 때문이었다.

패도를 지향하는 무적궁은 세력을 확장하기 위해 우선적으로 녹림과 사파의 무리들을 집중적으로 공격했다. 세상의 인심을 잃지 않고 세력과 재력을 확보하기 위해서는 흑도 세

력의 공격이 가장 효과적이기 때문이다.

이후 무적궁은 본색을 드러내 자파에 이득이 된다면 정사를 막론하고 공세를 펼쳤지만 이미 거대문파로 성장한 상황이라 대항할 세력은 거의 없었다.

무적궁이 독보검궁과 어깨를 나란히 하며 일성쌍궁의 하나로서 천하를 호령하면서부터 사련회는 더욱 위축되었다.

무엇보다 소속 무사들의 급여를 챙겨줄 수 없다는 것이 사련회주의 가장 큰 고민이었다.

"젠장, 이달에도 급여를 절반씩만 줄 수밖에."

사파는 여느 문파와 달리 운영하는 데 상당한 재력을 필요로 한다. 명문정파의 제자들은 충성도가 대단해 명성 높은 문파의 제자가 되었다는 것만으로 만족하지만 사파에 소속된 무사들은 대부분 돈에 좌우된다.

사련회의 제삼대 회주 녹천수왕(綠天獸王)은 타고난 괴력과 강한 무공을 지녔지만 지모는 다소 모자란 편이었다.

그는 사파의 결속을 외치며 사련회의 확장을 목표로 세웠지만 따라주는 무사들이 많지 않아 무적궁의 눈치를 보며 살아야 했다.

최근 들어서는 상단을 터는 것도 쉽지 않아 재정난에 허덕일 수밖에 없었다.

녹천수왕은 사련회 총령 철웅에게 은자 주머니를 던져 주었다.

"옜다, 이게 전부다. 적당히 배분해 줘라."

철웅은 머리카락 한 올 없는 민대머리를 긁적거렸다.

"회주, 이것을 누구 코에 붙이라는 거요?"

"새끼야, 그 돈도 해룡채에서 겨우 융통해 온 거다. 어떻게든 무마를 해봐."

"회주, 이럴 바에는 차라리 상단 하나를 통째로 텁시다."

"네가 오십 년 전통의 사련회 현판을 내리자는 것이냐?"

"전통이 밥 먹여주는 것은 아니잖소? 크게 한 건 하고 차라리 멀리 절강성으로 피신해 다시 사련회를 창건하면 되지 않겠소?"

녹천수왕은 털이 북슬북슬한 가슴을 벅벅 긁었다.

"새끼야, 한 번 총단을 옮기면 전통은 그것으로 끝나는 거다. 나는 역대 조사들의 유명을 받들어 사련회의 전통을 고수할 것이다."

"조사라고 해야 두 분밖에 더 있소?"

"뒈지고 싶으냐?"

녹천수왕이 탁자를 내려치며 벌떡 일어서자 철웅이 은자 주머니를 집어 들었다.

"예미, 또 나만 지랄나게 욕먹게 생겼군."

이때 건장한 체구의 무사가 집무실로 들어섰다.

"회주, 웬 계집이 찾아와 회주를 뵙기를 청합니다."

"계집이라고?"

"젊은 계집인데 제법 이쁘장합니다. 마차를 몰고 왔는데 각종 병기를 비롯해 재물이 가득한 것 같습니다."

수하의 보고에 녹천수왕은 영문을 몰라 철웅을 돌아보았다.

"이놈이 지금 뭔 소리를 하는 거냐?"

철웅은 탐욕스런 눈빛을 발했다.

"회주, 사련회를 제 발로 찾아오는 사람은 두 부류밖에 없소. 하나는 쫓기는 신세라 피신할 곳이 필요한 흉악범들이고, 다른 하나는 그런 놈들을 잡으려고 뛰어드는 백도 놈들이오."

"하면 계집은 어떤 부류이겠느냐?"

"백도 놈들이 돈 갖고 찾아오는 것 봤소?"

녹천수왕은 손뼉을 치며 좋아했다.

"그래, 웬 계집인지 몰라도 우리를 살려주는구나. 보호료를 듬뿍 챙겨야겠다."

녹천수왕은 철웅을 비롯해 사련회의 전 무사들을 이끌고 연무장으로 나섰다. 제대로 관리를 하지 않아 잡초가 무성한 연무장은 쓰레기와 오물로 가득했다.

녹천수왕은 쓴 입맛을 다셨다.

"새끼들아, 좀 치우고 살아라. 어지간해야 우리 사련회로 피신하려는 물주들이 찾아올 것 아니냐?"

이때 통나무를 짜서 만든 방책 문이 열렸다.

다각다각……!

호화로운 사두마차가 천천히 산채 안으로 들어섰다.

어자석에서 말을 몰고 있는 사람은 깜찍한 용모의 여인이었다. 절로 눈웃음치는 실눈이며 옴폭한 볼우물이 사뭇 유혹적이었다.

무엇보다 놀라운 것은 여인의 파격적인 복장이었다.

번들거리는 은빛 바람막이 안에 걸친 것이라고는 젖가슴 가리개와 짧은 치마뿐이었다. 녹천수왕을 비롯한 사련회 무사들은 딱 벌린 입을 다물지 못했다.

은빛 바람막이를 두른 여인이 고삐를 당겨 마차를 세웠다.

"누가 사련회주시죠?"

녹천수왕이 앞으로 나서며 자신의 가슴을 두드렸다.

"본좌가 바로 회주 녹천수왕일세. 소저의 안위는 우리 사련회가 책임질 것이네. 본 회로 들어온 순간부터 소저는 안심해도 되네."

"정말 그만한 능력이 있어요?"

"물론일세. 본 회는 명색이 오십 년 전통에 빛나는 명문사파일세."

"호호, 명문정파는 들어봤어도 명문사파는 처음 듣네? 어쨌든 그렇듯 자신하니 잠깐 시험을 해보겠어요."

"시험이라니……?"

“과연 나를 보호할 능력이 있는지 확인해야 하지 않겠어
요?”

마차에서 내려선 여인은 마차 문을 잡아당겼다.

와르르……!

궤짝과 병기 상자가 바닥으로 떨어졌다. 궤짝이 뒤집히며
반짝이는 금은과 보석이 드러났다.

엄청난 재물에 녹천수왕과 수하들은 마른침을 꿀꺽 삼키
며 주먹을 불끈 쥐었다. 그들은 당장이라도 여인을 죽이고 재
물을 차지하고 싶었지만 언제든 죽일 수 있다는 생각에 잠시
더 두고 보기로 했다.

여인은 병기 상자를 열고 한 자루 비수를 집어 들었다.

“일곱 명만 앞으로 나서봐요.”

사련회 무사들은 서로 나서겠다며 다투다가 일곱 명이 여
인 앞으로 도열해 섰다.

여인은 무사들을 쓸어보고는 매혹적인 미소를 흘렸다.

“내가 비수를 던질 텐데 만약 받아낸다면 은자 백 냥씩을
주겠어요.”

은자 백 냥이라면 무사들의 두세 달 급여에 해당되는 큰돈
이었다. 그들은 무공도 수련한 것으로 보이지 않는 어린 계집
이 던지는 비수 따위는 이로도 받을 자신이 있었기에 모두가
환호했다.

“헤헤, 얼마든지 던지슈.”

"차라리 나한테 일곱 자루를 모두 던지슈."

"킬킬, 이거야말로 누워서 떡 먹기로군."

여인은 손에 쥔 비수를 가볍게 비틀었다.

"자, 눈들 크게 떠요."

비수는 얇게 쪼개지며 마치 부챗살처럼 펼쳐졌다.

피피핑—!

여인의 손에서 튕겨진 비수가 일곱 명을 향해 동시에 날아
갔다.

"으악!"

"커억!"

"캐애액!"

처절한 단말마와 함께 일곱 명이 모두 쓰러졌다. 종잇장처
럼 얇은 비수가 무사들의 미심혈, 천돌혈, 전중혈 등 주요 혈
도를 관통했다.

사련회 산채의 분위기가 순식간에 냉각되었다.

"어마, 너무 시시하다?"

은빛 바람막이의 여인이 손을 쳐들자 무사들의 몸에 박힌
비수가 뽑혀 그녀의 손으로 회수되었다.

녹천수왕은 비로소 자신이 농락당했음을 깨달았다.

"이년, 섭물진기를 전개할 정도면 절정고수가 아니더냐?"

"깔깔, 워낙 멍청하니 이제야 깨달았구나."

"대체 네년은 누구냐?"

"이런 머저리들, 아무리 머리에 든 것이 없어도 그렇지 최소한 듣는 귀는 달렸잖아? 한데 나를 모른단 말이냐?"

이때 애꾸 무사가 외쳤다.

"가, 가만! 혹시… 은사호리?"

은빛 바람막이의 여인은 금 한 덩이를 집어 들었다.

"누구냐? 상을 주어야겠구나?"

여인이 금덩이를 던져 주자 무사들은 서로 차지하려고 주먹다짐을 벌였다.

보다 못한 철웅이 뛰어가 무사들을 걷어찼다.

"새끼들, 적을 앞에 두고 무슨 짓거리냐?"

녹천수왕이 신중한 눈빛으로 여인을 훑어보았다.

"네가 정말 은사호리냐?"

"그래, 짐승아. 내가 바로 조만간 중원지화에 오를 은월영이다."

한운지를 화혈독비로 찌른 악녀 은월영.

그녀가 사파의 문파를 방문한 것은 의외로운 행보가 아닐 수 없었다.

은월영은 부챗살처럼 펼쳐진 비수를 겹쳐 다시 하나의 비수로 만들었다.

"역시 신기자는 대단해. 일광칠살비(一光七殺匕)라. 이름 그대로 한 번 번득이니까 일곱 놈이 죽었어."

비수를 허리춤에 꽂은 은월영이 이번에는 불과 두 자 크기에 불과한 작은 활을 집어 들고 시위에 화살을 메겼다. 워낙 작은 크기의 활이라 애들 장난감으로 보였다.

"이번에는 예사구관시(羿射九貫矢)를 시험해 볼까?"

피잉—!

활시위를 떠난 화살은 한줄기 섬광으로 화했다.

"캐애액!"

"악!"

비명 소리가 줄을 이었다.

녹천수왕이 잔뜩 격분해 외쳤다.

"이런 미친년을 보았나? 감히 내 사련회 무사들을 상대로 병기를 시험하겠다는 것이냐? 당장 저년을 죽여라!"

사련회 무사들이 함성을 지르며 우르르 달려들었다.

은월영은 마치 파리를 쫓듯 손사래를 쳤다.

"아유, 귀찮아."

자색의 기운이 번득이며 강력한 폭풍이 몰아쳤다.

퍼퍼펑—!

수십 명의 무사들이 비명을 지르며 무더기로 나가동그라졌다. 마도의 절기인 자전강기를 감당하기에 그들은 너무 허약했다.

마침내 녹천수왕이 직접 나섰다.

"네년은 내가 죽여주겠다!"

녹천수왕은 철창을 붕붕 휘두르며 달려들었다.

여든 근에 달하는 육중한 철창은 부딪치는 것만으로 상대
의 병기를 박살 낼 수 있는 중병기였다. 그의 창법은 단조로
웠지만 워낙 힘이 좋다 보니 허공을 가를 때마다 날카로운 바
람 소리가 고막을 자극했다.

"호호호, 제법이군. 한 창법 하는데?"

은월영은 환마의 절기인 유령귀환보를 전개해 녹천수왕의
창법을 간단히 피해냈다. 천마혈서를 수련한 이후 그녀는 절
세 급 고수로 성장했기에 웬만한 고수들은 데리고 놀 수가 있
었다.

녹천수왕의 등 뒤로 내려선 은월영이 냅다 걷어찼다.

"당장 꿇어라, 짐승!"

"으허헝!"

녹천수왕은 짐승의 울부짖음 같은 비명을 토하며 앞으로
고꾸라졌다. 간단한 발길질이었지만 심후한 공력이 실렸기
에 녹천수왕은 철퇴로 언어맞은 듯한 충격을 받아야 했다.

철웅이 급히 다가와 녹천수왕을 부축했다.

"회주, 항복합시다."

"항복?"

"은사호리는 천사혈뇌의 제자라고 하였소. 그렇다면 우리
와 같은 부류요. 아마도 우리를 죽이려는 의도로 찾아오지는
않았을 거요."

"저 계집이 수하들을 열댓 명씩이나 죽인 것을 너도 보았

지 않느냐?"

"그깟 몇 놈 죽은 게 대수요? 우리라도 살아야 하지 않겠소?"

철웅의 회유에 녹천수왕은 잠시 고민하다가 은월영 앞에 무릎을 꿇었다.

"은사호리, 항복하겠소. 제발 사련회의 현판은 보존토록 해주시오. 그것이 유일한 바람이오."

녹천수왕이 항복하자 사련회의 모든 무사들도 부복했다.

간단히 사련회를 접수한 은월영은 진기를 발출해 녹천수왕을 일으켜 세웠다.

"회주, 사련회는 당신이 계속 관장해. 나는 사련회 회주 자리에는 전혀 관심이 없으니까."

"하면 뭐라 호칭해야……."

"맹주로 불러."

"지금… 맹주라 하셨소?"

"그래, 천하의 사파들을 결속해 사파맹주에 오르는 게 내 계획이다."

철웅이 녹천수왕 옆으로 다가섰다.

"매… 맹주, 사파 세력을 결속하려면 엄청난 재물이 소요되오. 게다가 최소 일천 명이 거주할 거처가 필요한데……."

은월영은 대수롭지 않게 대답했다.

"뭐가 걱정이야? 내가 무적궁을 잠시 둘러봤더니 방벽도

튼튼하고 창고마다 양식과 재물이 넉넉히 있더라고. 우리가 무적궁을 접수하면 사파연맹을 창건하기에 충분하다."

녹천수왕과 철웅은 너무도 엄청난 일을 너무도 쉽게 얘기하는 은월영의 답변이 농담인지 진담인지 구분할 수가 없었다.

은월영은 은빛 바람막이로 몸을 감쌌다.

"독보신검이 참패를 당하면서 독보검궁도 빛을 잃었는데 무적궁이라고 건재할 것 같아? 향후 강호의 판도는 완전히 바뀐다. 일성쌍궁의 시대는 끝났어. 천풍무국과 우리 사파연맹이 양립하는 새로운 세상이 시작될 것이다."

은월영은 간드러진 웃음을 터뜨렸다.

"결국은 사파연맹의 천하가 되겠지. 호호호!"

2

한운지가 하산에 앞서 수욕을 하는 동안 무불악과 활천편작은 밀림 지대를 산책하고 있었다.

무불악이 밉살맞게 한마디 내뱉었다.

"정들기 전에 이별이라서 다행이오."

"노부도 마찬가지다."

활천편작은 실소를 흘리다가 힐끗 초옥 쪽을 보고는 목소리를 낮추었다.

"운지는 불패성주에 대해 꽤나 호의적인 것 같더구나."

"당연하지 않소? 운지가 나보다 더 신뢰하는 멸사신룡의 사부가 바로 불패성주요. 가재는 게 편이라고, 불패성주를 신뢰하는 게 당연한 거지."

"건곤불패는 강호의 풍문만큼 믿을 만한 사람은 못 된다."

"뭐요? 세상과 떨어져 사는 은자가 당대의 절대자를 함부로 씹어도 되는 거요?"

"최소한 너는 알고 있어야 하기에 일러주는 거다."

"가만… 일전에도 건곤불패에 대해 언급한 것 같은데……?"

무불악은 눈알을 굴리며 기억을 더듬었다.

"맞아! 내 팔을 치료해 주었을 때 내가 보답으로 누구라도 죽여줄 수 있다고 했더니 선배는 건곤불패를 거론했어."

"농담이라 하지 않았더냐?"

"이제 보니 농담이 아니었어. 대체 건곤불패와 어떤 원한이 있는 거요?"

"원한은 없다. 다만… 연민을 느낄 뿐이다."

활천편작이 앞서 걸음을 옮기자 무불악이 얼른 쫓아가 어깨를 나란히 했다.

"선배가 진심으로 원한다면 건곤불패를 죽여주겠소."

"어림없는 소리 마라. 건곤불패는 당대 최강의 고수다. 게다가 정의를 추구하는 백도의 절대자다."

"선배, 나는 흑백과 선악을 무시하는 사람이오. 소림 방장이나 무당 장문인도 눈 하나 깜빡하지 않고 죽일 수 있소. 그들을 죽이면 마치 벼락이라도 맞을 것 같지만 사실 그들도 그냥 사람이거든."

활천편작은 정색하며 목소리를 높였다.

"허어, 내가 공연한 소리를 했나 보구나. 어서 떠나거라."

한운지는 활천편작에게 공손히 절을 올렸다.

"선배님의 하해와 같은 은혜에 감격할 따름입니다."

활천편작은 한운지를 일으켜 세웠다.

"당치 않다. 너를 구한 사람은 무불악이다."

무불악이 옆에서 한소리 보탰다.

"맞아. 내가 생사천명단을 구해오지 않았으면 활천 선배도 너를 살릴 수 없었어."

한운지는 활천편작에게 거듭 예를 올렸다.

"틈나는 대로 찾아뵙겠습니다."

"헛고생일 뿐이다. 노부가 의술과 약학을 연구하기 위해 가끔 약왕전을 떠나 지내는데 이번은 너무 오래 지체됐구나. 다시 약왕전으로 돌아가야 하니 이곳을 찾아도 노부를 만날 수 없을 것이다. 자, 어서들 내려가라."

"예, 부디 강녕하십시오."

무불악은 간단히 손을 흔드는 것으로 인사를 대신했다.

“재수없으면 또 봅시다, 돌팔이 영감.”

산을 내려온 무불악과 한운지는 가까운 성내를 찾아갔다.
줄곧 채식만 했기에 무불악은 술이 고프고 향긋한 요리도 그
리웠다. 한데 주점을 찾아 들어가기도 전에 두 사람은 충격적
인 소식을 듣게 되었다.
독보신검의 참패.
한운지는 독보신검에게 패배를 안긴 사람이 검마 구주파
천이라는 소식을 접하고는 한동안 입을 열지 못했다.
금마곡을 탈출한 마왕들을 제압하는 것이 사명인 그녀에
게 있어 검마의 존재는 너무도 위협적이었다.
검마가 절대마왕이라는 사실은 진작부터 알고 있었지만
당대 최고의 검객을 격파해 건재함을 과시했다는 것은 한운
지에게 있어 슬픔이자 고통이었다.
무불악은 술맛이 사라져 한운지를 이끌었다.
“그냥 가자.”

3

다각다각……!
두 필의 말이 매끄러운 대리석이 깔린 진입로를 따라 달려
왔다. 그리고 이내 위용스런 성문 앞에 이르자 두 사람이 말

에서 내려섰다.

대번에 무불악을 알아본 집사가 예를 올렸다.

"어서 오시오, 무 공자."

"문주를 만나야겠소. 천기무화를 대동했으니 이번에는 조용히 만나고 싶다고 전하시오."

"알겠소이다."

집사는 무사에게 얘기를 전하고는 직접 두 사람을 안내했다.

무불악이 지난번 방문했을 때와는 길이 달랐다. 꽃과 나무가 어우러진 아름다운 산책로는 군왕의 정원을 방불케 했다.

한운지가 주변을 감상하며 찬사를 아끼지 않았다.

"정말 멋진 정원이군요. 남양왕 전하의 개인 정원인 금원보다 더 운치가 있어요."

"운치는 뭘. 내 코에는 썩은 돈 냄새가 풀풀 풍기는데."

"제발 말씀 삼가세요. 백 문주는 소녀를 위해 귀한 해독단을 기꺼이 내주신 분이십니다."

"전혀 부담 갖지 마. 약값 대신 청소하는 것으로 계산 끝냈으니까."

"공자도 참. 사람의 목숨을 어떻게 계산으로 해결할 수 있겠어요? 백 문주께 진심으로 사례를 표해야 마땅합니다."

무불악이 공연히 트집을 잡았다.

"그놈의 사례는 모든 사람한테 하면서 나한테는 안 했잖아?"

"공자, 우리 사이에 정중한 사례가 필요한가요?"

"그건 아니지. 그냥 해본 소리야."

무불악은 왠지 기분이 좋아져 휘파람을 불었다.

황금문주 백만복은 이번에도 황금 삼상을 대동해 금낙전 계단 아래까지 내려와 두 사람을 맞이했다.

한운지가 먼저 공손히 예를 올렸다.

"문주의 후한 배려에 감사드립니다."

"허허, 이렇듯 건재한 천기무화를 대하니 기쁘고 반갑소. 콜록, 평생 약재 창고를 채웠는데 처음으로 보람을 느끼게 되었소."

"무 공자의 지난 무례를 대신 사과드립니다. 감히 죄를 청합니다."

"콜록, 당치 않소. 두 분이 방문했다는 보고를 받고 접견실을 치워두라고 명을 내렸으니 지금쯤 말끔하게 정돈되었을 거요. 갑시다."

무불악이 잔뜩 인상을 구겼다.

"백 문주, 이거 얘기가 틀리지 않소? 약값 대신 접견실을 청소하라면서? 그래서 기껏 찾아왔더니 이미 치워놓았다고?"

"무 공자, 당대의 영웅과 협녀에게 어찌 수고를 끼칠 수 있겠소? 그래도 이런 연분으로 한 번 더 만날 수 있게 되었으니 서로에게 기분 좋은 일이 아니겠소?"

"난 별로 유쾌하지 않으니 차나 한잔 마시고 가겠소."

과연 접견실은 깨끗하게 정돈돼 있었다. 침향목 탁자는 새 것으로 교체되었고 시비들이 가져온 찻잔도 예전 것과 달랐다.

무불악은 값비싼 가구와 다기를 훼손한 죄가 있기에 시치미를 떼고 모른 체하였다.

한운지는 서화와 다도에 밝았기에 차맛을 평가하고 다기에 대한 칭찬을 아끼지 않았다. 또한 그녀는 서화에 정통했기에 벽에 걸린 옛 명인들의 그림과 글씨를 대번에 알아보았다.

백만복 역시 골통품의 전문가였기에 두 사람의 담소는 끊이지 않았다.

무불악은 두 사람의 대화가 따분해 몸살이 날 정도였다. 힐끗 삼상을 살펴보니 그들 역시 마찬가지였다.

금상 전풍은 하릴없이 주판알을 토닥였고 도상 헌원산은 세 개의 상아 주사위를 손에 쥐고 만지작거렸다. 향상 홍사미는 손거울을 보며 화장을 고치다가 무불악과 눈길이 마주치자 교태를 부리며 추파를 던졌다.

무불악은 속이 매스꺼웠다.

'염병, 저 꽃돼지가 감히 누구한테 추파를 던지는 거야? 매음굴에서도 퇴짜 맞을 몸매와 상판을 지닌 주제에.'

백만복은 만면에 미소를 띠며 넌지시 권했다.

"천기무화, 괜찮다면 본 문에서 하룻밤 유하시는 게 어떻겠소? 천기무화의 쾌차를 축하하는 연회를 베풀어 드리고 싶소."

"문주, 너무 과분한 처사이십니다."

"아니, 내가 오히려 영광이오. 콜록, 당대 최고의 영웅협녀가 황금문에서 하룻밤을 보냈다면 본 문의 위상이 더욱 높아지지 않겠소?"

무불악이 차갑게 쏘아붙였다.

"그러니까 우리를 붙잡아두려는 것도 다 계산이란 말이오?"

"콜록, 대신 최고급 요리와 술이 제공될 것이오."

"난 별로 내키지 않소."

"그럼 이렇게 합시다. 무 공자와 본 문의 도상이 도박을 벌이는 것이오. 무 공자가 이기면 그냥 떠나도 좋지만 만일 패한다면 하룻밤 유해야 하오. 이 정도면 공평한 조건이 아니겠소?"

한운지가 기꺼이 동의했다.

"두 분의 도박 실력이 대단하니 재미있는 승부가 되겠군요. 소녀는 아무래도 좋습니다."

무불악은 연회 따위는 따분하게 여겼기에 거절하려 했는데 한운지의 전음이 귓속으로 파고들었다.

[백 문주가 도움을 청하는 게 확실해요. 그 내막을 알아야

하니 무조건 응하세요.]

한운지의 태도가 워낙 강경해 무불악은 도박 제의를 수용했다.

"좋소. 한 번 해봅시다."

헌원산은 지난번 산서성 태원에서 판정패를 당한 적이 있기에 보다 적극적으로 응했다.

"만일 내가 이번에도 패하면 이 주사위를 드리겠소."

헌원산은 황금 굴림통 안에 주사위를 넣고 흔들었다.

이때 한운지가 도박 방식을 새롭게 제안했다.

"주사위 도박은 단순하기에 두 분이 직접 주사위를 섞으면 무조건 맞힐 겁니다. 문주님이나 소녀가 대신 섞는 게 어떻겠습니까?"

백만복은 한운지에게 양보했다.

"콜록, 괜찮은 제안이오. 천기무화가 섞어보시구려."

"예, 그럼 제가 섞겠습니다."

한운지는 굴림통을 흔들어 주사위를 섞고는 탁자 위에 뒤집었다.

"자, 점수를 불러보세요."

무불악은 주사위가 섞이는 소리를 듣고 팔 점을 부르려고 했는데 다시 한운지의 전음이 고막을 두드렸다.

[십이 점!]

무불악은 주문에 걸린 사람처럼 한운지가 불러준 숫자를

말했다.

"합계 십이 점."

헌원산은 잠시 생각하다가 다른 숫자를 불렀다.

"합계 팔 점."

한운지는 조심스럽게 굴림통을 들어 올렸다.

일. 삼. 사.

세 개의 주사위 합은 팔 점으로 헌원산이 정확히 맞혔다.

백만복은 기분 좋은 웃음을 터뜨리며 박수를 쳤다.

"과연 도상이로군. 본 문의 명예를 지켜주었다."

헌원산은 한껏 목에 힘이 들어간 모습으로 예를 표했다.

"망극하외다, 문주."

한운지가 짐짓 무불악을 위로해 주었다.

"무 공자께서도 사실은 연회에 참석할 의사가 있으셨나 보
군요. 그래서 일부러 틀린 점수를 불렀을 겁니다."

무불악은 자리에서 일어섰다.

"좋아, 귀한 울금향에다 팔진미를 실컷 즐기자고. 한데 난
잠자리가 허전하면 혼자 잘 수 없으니 잠자리에 싱싱한 계집
을 넣어주셔야겠어. 이것이 내 조건이오."

백만복은 난감한 표정으로 한운지의 눈치를 살폈다.

"천기무화, 그래도 되는 건지……."

"예, 상관없습니다. 어차피 각자의 침소에서 자야 하니까
요."

“그래도 두 분 사이가……”

무불악이 분명한 어조로 확인시켜 주었다.

“그냥 친구일 뿐이오. 오해는 마시오. 잠자리 친구는 절대 아니니까.”

연회는 해시가 지나서야 끝났다.

대부분 술에 취했고 허약한 백만복은 너무 취해 홍사미에게 업혀 침소로 돌아갔다.

무불악과 한운지에게는 호화 별채가 숙소로 주어졌다.

숲과 가산으로 둘러졌고 마당에 작은 호수까지 조성돼 있었다. 별채는 동서로 나뉘어져 있어 독립된 생활이 가능했다.

별채로 들어서자 무불악은 한운지의 손을 쥐고 바싹 붙어 섰다.

“대체 무슨 짓을 하려는 거야?”

“목소리 낮추세요. 감시가 있을 겁니다.”

“어쩌려는 건데?”

“침투는 무 공자가 소녀보다 능하니 은밀하게 백 문주를 만나보세요. 만일 그가 천풍무국과 연관돼 있다면 중대한 비밀을 입수할 수 있을 겁니다.”

“내가 계집을 잠자리로 불러들였는데 그것은 어쩌지?”

“일부러 그러셨다는 것을 압니다. 덕분에 무 공자에 대한 감시는 완화될 겁니다.”

"내가 다른 계집과 잠자리하는데도… 괜찮겠어?"

한운지는 무불악의 손을 풀며 씁쓸한 미소를 띠었다.

"여인의 향기에 취해 대사를 그르치지 마십시오."

한운지는 예를 표하고는 자신의 숙소인 동쪽 별채로 향했다.

무불악은 공연히 미안한 마음이 들었다.

'젠장, 내가 왜 이러는 거야? 운지가 내 마누라도 아닌데 미안할 게 뭐 있겠어?'

서쪽 별채로 들어선 무불악은 다소곳이 서 있는 늘씬한 미녀를 보고는 눈을 번쩍 떴다.

청초하면서도 여인의 향기가 물씬 풍기는 매력을 지닌 여인이었다. 적당히 술에 취해서인지 여인이 더욱 예뻐 보였다.

무불악은 여인을 훑어보고는 짤막하게 내뱉었다.

"벗어."

『악중협』 4권에 계속…

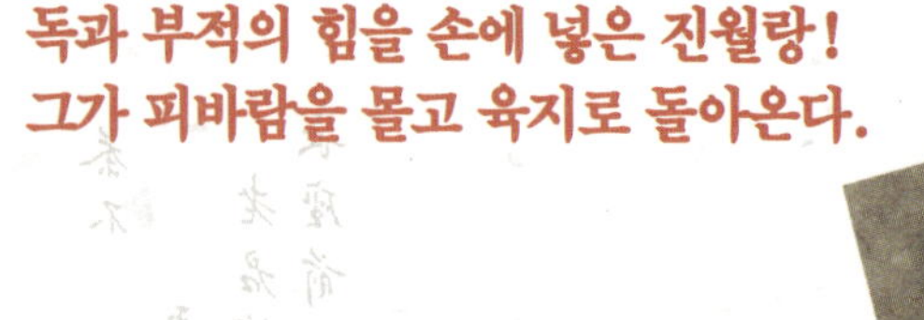

CHARM MASTER

참마스터

눈매 퓨전 판타지 소설

부적(Charm)이란

**만드는 자의 정성, 만드는 자의 능력, 받는 자의 믿음,
이 세 가지가 충족되어야 최고의 힘을 발휘한다.**

이계에서 넘어온 영환도사의 후손 진월랑!
아르젠 제국의 일등 개국 공신 가문이었던 이계인 가문, 진가가 하루아침에 몰락했다.
그것도 가장 믿었던 사람으로 인해.

홀로 살아남은 어린 월랑은 하루하루 생존 게임이 벌어지는
살인자들의 섬으로 보내지는데…….

**독과 부적의 힘을 손에 넣은 진월랑!
그가 피바람을 몰고 육지로 돌아온다.**

유행이 아닌 자유추구 -
WWW.chungeoram.com
Book Publishing CHUNGEORAM

청운하 新무협 판타지 소설

백팔번뇌

百八煩惱

세상은 날 버렸다.
나 또한 세상을 버렸다.

神이 선택한 그들이 흘린 쓰레기를…
난 그저 주워 먹었을 뿐이다.
그러므로 난 여전히 배가 고프다.

일류(一流)가 되기 위해서라면…
난 기꺼이 신마저 집어삼킬 것이다.